無法許さじ

居眠り同心 影御用 17

JN181629

見 俊

時代小説

二見時代小説文庫

無法許さじ——居眠り同心 影御用17

目次

第一章　盛夏の影御用

一

「親父殿、鱧《はも》を食したことござるか」

矢作兵庫助《やはぎひょうごのすけ》が発したこの一言が、蔵間源之助《くらまげんのすけ》を思いもかけない影御用へと引っ張り込むきっかけとなった。

文化《ぶんか》十三年（一八一六）水無月《みなづき》（六月）の十日のことだった。

源之助は北町奉行所同心、背は高くはないががっしりした身体、日に焼けた浅黒い顔、男前とは程遠いいかつい面差《おもざ》し、一見して近寄りがたい男だ。

一方の矢作兵庫助は南町奉行所の同心、南町きっての暴れん坊と評されるだけあって、真っ黒に日焼けした牛のような面構《つらがま》えだ。矢作は源之助の息子源太郎《げんたろう》の妻美津《みつ》の兄、つまり、二人は義理の親子関係にある。

「はも……」

聞き慣れない食べ物だ。

「そう、鱧。魚偏《さかなへん》に豊、と書く」

矢作は人差し指で空に、「鱧」という字を書いた。魚偏であるということは魚の一種なのだろう。

「聞いたことがない。ということは、食したこともないということだな」

源之助が食べたことがないと知り、矢作は心なしか得意げだ。

「上方《かみがた》では、夏になると食すのだ。天麩羅《てんぷら》によし、焼いてよし、茶碗蒸しに入れても美味《うま》い、それに、湯引きもな」

ここまで言われると食べてみたい気がする。

「そんなにも美味なのか」

「美味な上に、暑い時節、これほど酒が進む魚はないぞ」

と、誘い文句によりやって来たのは深川《ふかがわ》の外《はず》れ、石島町《いしじまちょう》にある料理屋だ。南北を貫く大横川《おおよこがわ》、東西を流れる三十間川《さんじっけんがわ》が交錯し、木場《きば》が近いとあって材木の香りが漂っている。大横川に架かる大栄橋《だいえいばし》に立つと、川風が通り、茜差《あかね》す水面《みなも》には水草や材木が浮かんでいた。

料理屋は川端の通りを一歩入った路地に店を構えていた。場所柄、決して有名店ではないが、知る人ぞ知る、名店といったところか。

夕風に揺れる紺地《こんじ》の暖簾《のれん》には、鴨川屋《かもがわや》という屋号が白地で染め抜いてあった。

矢作に続いて暖簾を潜り、店の中に入る。

「二階に行くぞ」

矢作は何度か訪れたことがあるとあって、慣れた様子で階段を上がる。源之助は慎重な足取りになった。鱧という聞きなれない魚を食するとあって、つい緊張してしまう。二階には六畳間と八畳間があった。二人は六畳に入る。窓が開けてあり、風がうまい具合に吹き込み、軒に吊るされた風鈴《ふうりん》の音色が涼《りょう》を運んでくれた。

「いい風だな」

連日の猛暑にうんざりしていたこともあり、この風はありがたい。これだけで、食欲が湧いてくる。もっとも、源之助は暑いからといって食欲が落ちているわけではない。朝、夕は丼飯を食べるし、時にお替わりもしている。健啖家《けんたんか》の源之助ゆえ、矢作が自慢する鱧とやらへの期待が高まって仕方がない。

「関東では鱧は獲れぬのか」

源之助はそんなにも美味いのなら、何故江戸の料理屋で出さないのか、気になった。

「瀬戸《せと》の海で獲れる。細長い魚でな、鋭い牙《きば》を持っていて、人に向かってくることもあるそうだ。人を食《は》むから転じて、鱧と呼ばれるようになったと言われているくらい凶暴な魚だってさ。瀬戸の海で獲り、氷漬けにして船で運んでくるのだ」

矢作は両手を広げ、大きな鱧になるとこれくらいあるそうだと示した。

「料理をするに大変そうだな」

「いかにも骨だ」

「ほう、骨か」

首を傾げると、

「文字通り、骨なのだ。骨が多い。包丁捌《さば》きが難しい。上方の料理人の包丁にかからないとな」

「すると、この料理屋は上方から料理人が来たのか」

「亭主の作次郎《さくじろう》は京都《きようと》の板前だったんだが、女房お杉《すぎ》と所帯を持って、江戸で店を持ったというわけだ。今年の皐月《さつき》（五月）ということだ。店を構えて一月《ひとつき》あまりだな」

「お杉は江戸者か」

矢作はうなずくと、上野《うえの》にある大きな呉服問屋の娘で、昨年、両親と一緒に京都見物に出かけた際に、作次郎と縁が結ばれたのだとか。

「東男《あずまおとこ》に京女《きょうおんな》、というが、この店は逆だな」

矢作の言葉に、

「京男に東女ということか。夫婦の間はうまくいっておるのか」

余計なお世話だが、ついつい気にかかってしまう。

「仲睦《なかむつ》まじいものさ。うまい具合にいっているよ」

亭主作次郎は板場で料理に専念し、女房お杉が店を切り盛りしている。お杉は明朗快活で、しゃきしゃきとしており、客受けのいい女だそうだ。

「呉服屋の娘、客あしらいは手馴れたもののようだ」

矢作は言った。それに合わせるかのように、階段から足音が近づいてくる。

「いらっしゃいまし」

朗《ほが》らかな心地よい声と共に、小柄な女が入って来た。美人ではないが、愛嬌《あいきよう》のある顔立ちで、何よりも笑顔がいい。見ているだけで、柔らかな気持ちにさせてくれるのだ。

「矢作の旦那、いつもご贔屓《ひいき》にありがとうございます」

「今日も鱧を頼む」

矢作は妹の嫁ぎ先の義父だと源之助を紹介した。

「では、蔵間さまも八丁堀《はっちょうぼり》の旦那でございますか」

源之助が首肯すると、

「八丁堀の旦那に贔屓にしていただければ、この店も安心です。妙な地回りとか、やくざ者にわけのわからないお金を払わなくてすみますもの。それにここは、往生堀《おうじょうぼり》にも近いですしね」

お杉が言い添えた往生堀とは、いわゆる岡場所である。往生弁天《べんてん》という通称の弁天堂の門前町だが、往生弁天が谷中《やなか》にある持国寺《じこくじ》の持ち物であるのと、三十間川沿いにある湿地帯を埋め立てて急造したため、寂《さび》れていたこともあり、放置されたままだった。

ところが、この三年くらいの間に、岡場所として発展した。お上《かみ》の目が届いていない間に、やくざ者、博徒《ばくと》などの無頼《ぶらい》の徒《と》が集まり、さらには盗人《ぬすっと》、人殺しなどの凶状持《きょうじょうも》ちが巣食い、今や無法地帯と化しているということだ。

その往生堀、なるほど、ここから一町ほど東へ行った辺りだ。お杉はこんな所に店を構えなくてもいいのにと作次郎に言ったそうだが、店賃《たな》が安いのと、江戸に馴染《なじ》むかどうかわからない上方料理の店ということで、まずはこぢんまり始めたいと、ここを選んだのだとか。

「ここで、しっかりとお客さまを得てから町中にお店を出したいそうです」

「それは地道でいいではないか。で、往生堀の奴ら、何か悪さでもしているのか」

矢作が問うと、

「今のところは、往生堀の人たちがうちに来ることはありません」

「やって来て、悪さしやがったらすぐに言ってくればいい」

矢作は胸を叩いた。

「ありがとうございます」

お杉が深々と頭を下げたところで、

「だから、値段の方は、勉強してくれよ」

矢作は笑顔を広げた。

「それとこれとは別ですがな」

お杉は上方言葉を使い、その分、美味《おい》しい料理をお出ししますと笑顔で返して、部屋を出て行った。

「面白い女だな。料理屋の女房にぴったりだ」

短夜《みじかよ》を楽しく過ごせそうだ。


やがて、酒と食膳が運ばれて来た。お杉が料理の説明をしようとするのを、矢作が制した。膳には朱塗《しゅぬ》りの皿があり、そこに竹の皮が敷かれている。竹には、真っ白な切り身が並べてあり、隅に酢味噌《すみそ》と梅肉《ばいにく》が添えてあった。

「これが鱧だ。湯引きにしてある。添えてある酢味噌か梅肉を付けて食する。おれは梅で食べる。さっぱりとしているんだ」

矢作はお手本だとばかりに、箸《はし》で鱧の切り身を摘むと梅肉を付けた。鱧の白さと梅《うめ》干《ぼし》の赤みが交じり合い目に鮮やかだ。

矢作は口の中で咀嚼《そしゃく》した後、

「美味い」

破顔し、杯に入った酒をごくりと飲み込んだ。矢作の太い喉首《のどくび》が微妙に動く。

それを見ただけで生唾がこみ上げてきた。源之助も切り身を梅肉に付け、口の中に入れる。

冷やっこい。

鯉《こい》の洗いのように冷たいが、味わいはまったく違う。しゃきしゃきとした歯応えだ。すっと飲み込むわけにはいかない。じっくりと嚙《か》んだ上でないと飲み込めない。骨が多い魚だということだが、切り身には小骨すらない。それが調理の大変さを物語り、美味さへと直結している。

嚙んでいるうちに甘味がじわっと舌に広がった。口中《こうちゅう》一杯が幸せで満たされてゆく。淡白だが、梅肉にも負けないしっかりとした味わいである。

「どうだ」

矢作は得意げに問うてきた。

「美味い」

即答すると、矢作は、そうだろう、と自分のことのように自慢した。

「おおきに」

お杉も笑顔を弾《はじ》けさせ、ごゆっくり、と座敷を下がった。

「なるほど、夏にふさわしい魚だな」

「酒も進むというものだ」

矢作はさも鱧のせいにしているが、なんのことはない。元来が大酒飲みである。源之助はというと、それほどは飲まないが、鱧が肴《さかな》とあっては、ついつい猪口《ちょこ》を重ねてしまう。

「しかし、ここの勘定、安くはなかろう」

つい、懐《ふところ》が気になってしまう。

「安くはない。そこいらの縄暖簾なら、五回は通えるな。酒だって、地回りの酒じゃない。伏見《ふしみ》の酒蔵から取り寄せる下《くだ》り物だ」

よく払えるなという源之助の疑念を察知したのか、

「褒美《ほうび》だよ」

矢作は言った。

「血飛沫《ちしぶき》の寛次《かんじ》だ」

「ああ、あれ、おまえか」

源之助は得心がいった。

血飛沫の寛次とは、押し込み強盗の頭目《とうもく》だった。関東一円を荒らし回り、八州廻《はっしゅうまわ》りや火盗改《かとうあらため》が血眼《ちまなこ》で追っていた。その二つ名の通り、押し入った店の主人、家族、奉公人を手当たり次第に殺す。血飛沫を上げながら、盗みを働く凶悪さゆえ血飛沫の寛次と呼ばれるようになった。

その血飛沫の寛次がお縄になった。

町廻りの途中、矢作が目をつけていた賭場《とば》が深川島崎町《しまざきちょう》にあった。大横川の川端に出て、大栄橋を渡ったすぐの所である。

「その賭場にな、おれが追っていた別の盗人が出入りしていることがわかったんだ」

その盗人は血飛沫の寛次とは比べものにならない小者で、空き巣である。その男を捕らえようとして、押し入った賭場に偶々《たまたま》寛次がいたのである。人相書きから寛次だと見当をつけてお縄にしたのだった。

「余吉《よきち》の奴、ああ、余吉ってのが、こそ泥野郎なんだが、余吉の野郎も仰天《ぎょうてん》して、おれが召し取るの手伝えって言ったら、一緒になって捕まえてくれたぜ」

幸い、寛次は一人で来ており、子分はいなかったが、激しく抵抗して賭場は大きな騒ぎとなった。

寛次は賭場から逃走、大栄橋を渡って三十間川沿いに東へ、すなわち往生堀を目指したが、矢作は寸前の所で追いつき、余吉と二人がかりで捕らえたのだった。

「火盗改に先んじて、お縄にしてやったということで、御奉行から感謝されてな」

矢作は感状と金二十両を下賜《かし》されたそうだ。

なるほど、二十両もらえば、懐は豊かなはずだ。

寛次は火盗改に引き渡され、火盗改によって処刑された。

「あぶく銭が入ったら、美味い物を食べるに限るからな」

矢作は言った。

「そういうことなら、お相伴《しょうばん》に与《あず》かろう」

源之助も料理を楽しむことにした。

「夏の夜は短い、人の世もはかないさ」

似合わない格言めいた言葉を発する矢作は殊《こと》の外《ほか》、上機嫌だった。

二

その後、鱧の天麩羅、鱧の茶碗蒸しを楽しみ、店を出た。帰る時に顔を出した亭主作次郎はいかにも京都の男らしい、色白のやさ男《おとこ》だった。話し下手《べた》なのか、頭を下げただけで言葉を発することはなかった。容貌とは正反対の不器用な様子が、腕のいい料理人であることを印象づけた。

店を出ると夜風が酒に火照《ほて》った頰を撫でてくれた。鼻歌の一つも歌いたくなる。大栄橋の方にそぞろ歩きをする。橋が近づくにつれて、材木の香りが濃くなった。道の端に植えられた柳の枝が風にしなっている。

すると、

「ああ」

矢作の足が止まった。

素《す》っ頓狂《とんきょう》な声を上げ、両目を見開いている。

「どうした」

源之助が声をかけると、

「そ、そんな」

まるで耳に入らないのか、正面を見たままだ。視線を追うと誰もいない。柳の枝が揺れているだけだ。

「おい」

やおら矢作が走り出した。源之助も気になって追いかける。

「おまえ」

矢作は口走りながら大栄橋の上に立った。源之助も追いつくと、やはり、誰もいなかった。

「どうしたんだ」

ここでやっと矢作は我に返ったようで、源之助に向き直った。

「酔いが回ったのかな」

自分の頬を何度も平手で打った。ほんのりと赤らんでいるが、足取りは確かで酔った風には見えない。

「どうしたのだ」

しっかりしろと声をかける。

「親父殿、幽霊を見たことがあるか」

「幽霊だと」

源之助はつい笑ってしまった。しかし、矢作は大まじめである。

「幽霊だよ。親父殿は幽霊を見たことあるか」

矢作は繰り返した。

「ない」

きっぱりと首を横に振った。

「おれもない。いや、なかった」

「おまえ、幽霊を見たのか」

「ああ、ここに立ってやがった」

「幽霊に足があるのか」

「あった」

「なら、幽霊ではないのじゃないか」

「幽霊だったさ」

矢作の物言いは確信に満ちている。

源之助が舌打ちをしたところで、

「血飛沫の寛次だったんだ」

「そんな馬鹿な」

源之助は鼻で笑った。

「冗談じゃないぞ、親父殿」

「寛次は処刑されたじゃないか」

「だから、幽霊だって、言っているんだ」

矢作はむきになった。

「他人の空似《そらに》だろう」

「おれの目は節穴じゃない。見間違えじゃないんだ」

「なら、寛次には双子の弟か兄でもいたんじゃないのか」

「そんな者はいなかった。血飛沫の寛次は、武家の出だ。父親は改易《かいえき》された大名家の家老だった。武家では、双子は忌《い》み嫌われる」

「双子の兄弟があったとしても、殺されただろうということか」

「そうとは限らんが、あれは間違いなく血飛沫の寛次だった。間違いない」

「しかし、寛次は火盗改に……」

「だから、幽霊だって」

堂々巡《どうどうめぐ》りとなってしまう。

「親父殿、おれ、なんだか、背筋が寒くなってきたぞ」

矢作には悪いが、信じる気はしない。

この世に幽霊がいるのかどうかはわからない。人には魂《たましい》があって、成仏《じょうぶつ》できない魂がこの世を彷徨《さまよ》う。恨《うら》みを残した者に祟《たた》る。いかにもありそうだが、源之助は生まれてこのかた、一度も幽霊を見たことはない。

町奉行所の同心、しかも、敏腕を誇っていた源之助である。数限りない罪人を捕縛《ほばく》し、お裁きによって、死罪となった者も多い。刑場へは、自分の悪事を悔《く》いて赴《おもむ》く者もいるが、捕縛した源之助への恨みを呑んで引き立てられる者も珍しくはない。

恨まれて当然だし、悪党に恨まれてこその八丁堀同心だと思ってやってきた。その源之助の前に、罪人たちの幽霊など一度として現れたことはない。

少なくとも、自分は幽霊を見たことはない。

「親父殿、おれは酔ったのかもしれんな」

矢作も酔いが醒めて自信がなくなったのか、主張を曲げてしまった。

「おまえが幽霊を見たというのは信じられんが、鱧が美味かったのは間違いのないことだったな」

源之助はご馳走《ちそう》になったと、礼を言った。

明くる十一日のことである。

源之助は奉行所に出仕をした。

両御組姓名掛《りょうおんくみせいめいがかり》、これが源之助が所属する部署である。所属するといっても、源之助一人のみの窓際部署だ。仕事といえば、南北町奉行所の与力、同心の名簿作成である。本人や身内が死亡したり、縁談があったり、子供が生まれたりした時に、その都度《つど》、資料を追加していく。いたって、閑《ひま》な部署である。このため、南北町奉行所合わせて源之助ただ一人という閑職なのだ。

人呼んで居眠り番である。

従って、奉行所の建屋《たてや》内に部屋はない。築地塀《ついじべい》に沿って建つ土蔵の一つを間借りしている。土蔵の中では、三方の壁に棚が立ち、南北町奉行所別に、与力、同心の名簿がずらりと並んでいた。

板敷には畳が二畳敷かれ、小机や火鉢が置かれている。盛夏とあって火鉢は使っていない。

そこへ、懇意《こんい》にしている日本橋長谷川町《にほんばしはせがわちょう》の履物問屋杵屋《きねや》の跡取り息子善太郎《ぜんたろう》がやって来た。父親の善右衛門《ぜんえもん》は町役人《ちょうやくにん》を務める商人で、源之助とは永年に亘《わた》って懇意な関係にある。温厚で誠実な人柄、源之助は八丁堀同心と商人という身分の垣根を越えた付き合いをしていた。

善太郎は炎天下、大きな風呂敷包みを背負い、商いに精を出している。風呂敷には杵屋の草履《ぞうり》、雪駄《せった》、下駄《げた》、男物と女物を入れて、出入り先を開拓しているのだ。

朝早いというのに、既に汗だくとなっていた。それを見ると、自分の暇さ加減に罪悪感が募《つの》る。

「精が出るな」

源之助が声をかけると、

「商いですから、当然のことです。ですが、正直、この暑さ、堪《こた》えますね」

善太郎は手拭《てぬぐい》で汗を拭った。

「善右衛門殿は達者か」

「そうですと、言いたいところですが、最近は食欲がなくなってしまって。暑気あたりにでもなったようですよ」

「ならば、鱧でも食したらいい。夏にはもってこいだ」

「鱧……」

善太郎が首を傾げたところで、鱧について講釈をしてやった。矢作のことは言えない。ついつい、他人に自慢したくなってしまう。それくらい、美味くて、珍《めずら》かな魚であった。

「そんなに美味いのなら、親父にも勧めます」

善太郎は何度も鱧という言葉を口の中で繰り返した。それから、

「商いで回っておりますと、色々と面白い話を耳にするのです」

「どんな話だ」

一日中、暇である。面白い話に飢《う》えている。

「幽霊ですよ」

善太郎は声を潜めた。

「幽霊か……」

昨晩の矢作のことが思い出されて、失笑を漏らしてしまった。

「信じちゃ、いただけないでしょうがね」

善太郎は恥ずかしそうにうつむく。

「かまわん。話してみろ」

暇潰しにはなるだろう。

善太郎はうなずくと、

「幽霊というのは、あたしが時々行っている、本所法恩寺橋《ほんじょほうおんじばし》の袂《たもと》にある茶店の女房なんです」

お末《すえ》という女だそうだ。南本所出村町《でむらちょう》、大横川の河岸で亭主茂助《もすけ》と茶店を営んでいたが、今年の卯月《うづき》（四月）、行方不明となり、大横川で溺死体《できしたい》となって発見された。

「それが……」

善太郎はここで怖気《おぞけ》をふるった。

「それが、三日前の晩、お末さんが大横川の河岸を歩いているのを、茂助さんが目撃したそうなんですよ」

「確かか」

「あたしも、鵜呑《うの》みにはしないで、信じられないと言ったんです」

茂助はむきになって間違いない、あれはお末だったと言ってきかなかったという。

「ふ〜ん」

どうも、幽霊騒ぎが続く。なんとも奇妙なものだ。それも、夏のせいだろうか。

「信じられませんが、茂助さんは女房の幽霊を見たと、それから毎晩、大横川の河岸を行ったり来たりしているそうですよ。なにせ、恋女房でしたからね」

「恋女房会いたさで、幻を見たのではないのか」

「あたしもそう思ったんですがね、茂助さんは絶対に幻ではない、あれは、正真正銘のお末の幽霊だったって」

善太郎は言葉に力を込めた。

「幻も幽霊も、さして変わらんように思えるがな」

源之助は苦笑を漏らした。

「そういえばそうですね」

善太郎はぽかんとした顔になった。

「この暑さだ。幽霊が出てもおかしくはないかもしれんな」

「面白くないですか」

「いや、面白かったぞ。その亭主の顔を見てみたくなった。ま、わざわざ、足を運ぶことはないがな」

「すみません、妙なお話をお聞かせして。では、わたしはこれで失礼します。暑いでしょうが、たまにはうちにもいらしてください。父が碁《ご》の相手がいなくて困っておりますので」

「そうだな、そのうちに寄せてもらおうか」

源之助はしばらく碁を打っていないことに気付いた。無性に打ちたくなった。善右衛門は碁敵《ごがたき》でもある。

「髑髏と幽霊と碁か、三題噺《さんだいばなし》だな」

おかしみがこみあげた。

三

善太郎には、わざわざ足など運ばないと言ったものの、ついつい野次馬根性が鎌首《かまくび》をもたげてしまい、結局のところ法恩寺橋の袂にあるという茶店を覗いてしまった。

葦簾《よしず》張りの店は、日が差し、斑《まだら》模様の影を落としている。茂助らしき男が一人、接客をしていた。店内は行商人や物売りがまばらにいるだけだ。源之助は心太《ところてん》と冷たい麦湯を頼んだ。

縁台《えんだい》に腰かけじっとしていると、そよとも風が吹かず、じっとりと汗ばんできた。

心太を食べながら茂助の様子を見る。

歳は三十過ぎだろう。ぬぼっとした顔の、冴《さ》えない男である。うつろな目をしているのは、亡き妻のことを思っているのかもしれない。

「すまん、麦湯の替わりをくれ」

源之助が声をかけると、茂助はにこりともせずに、替わりをもって来た。愛想のないことこの上ない。これでは、繁盛しないだろう。

「以前、ここに来たことがあるが、その時は女がいたが、あれは女房か」

善太郎に聞いたことは隠して尋ねた。

すると茂助の目が輝きを放った。

「女房でございます」

「今日はおらぬのか」

「はい……」

茂助は情けない声を出してから、女房は二月《ふたつき》前に溺死したことを語った。

「それは気の毒にな。こう申してはなんだが、美人であったではないか」

茂助の顔が綻《ほころ》んだ。

「あたしには、勿体《もったい》ないくらいの女房だって、そら、もう、ずいぶんとからかわれたんですよ」

いかにも恋女房であったようだ。

「夫婦になってどれくらい一緒に暮らしたのだ」

「三月《みつき》でしたね」

三月とは思いのほか、短かったわけだ。茂助にとっては夢のような日々であったに違いない。

「きっかけは」

この冴えない男に不似合いな美人女房、武骨な源之助といえど、なれそめは気になる。

「嵐の晩、ふらっとやって来ましてね」

お末は病で動けなくなり、店の雨戸を叩いたのだという。

「素性は」

「それが……」

茂助はお末の素性などろくに聞かないで看病してやったのだという。一緒に住むようになり、自然と夫婦関係となった。

「あたしには、天女が現れたようなものでした」

茂助は夢見心地となった。

茂助はお末と夫婦になり、三月は本当に幸せであったという。その気持ちはよくわかる。茂助には申しわけないが、この冴えない男はそのような女房など、生涯もらえないと思っていたに違いない。

「それが、お役人さま、三日前の晩でございます」

茂助は店を仕舞《しま》い、河岸で涼んでいたそうだ。すると、

「大横川の河岸をお末が歩いていたのです」

茂助も信じられなかったそうだ。

「何度も目をこすったのです。あんまり、お末のことが忘れられないので、幻か夢でも見たのだと思ったのですが、そうではありません」

茂助は後を追ったそうだ。ところが、見失ってしまった。

「それから、また、お末に会いたくなって」

大横川を本所から深川まで行ったり来たりしているのだそうだ。

「それで、めぐり会えたのか」

「いいえ」

茂助はうなだれた。

「やはり……」

幻か見間違いだろうとは言えなかった。矢作のことを思い出したからだ。では、幽霊はいるというのか。

「幽霊でもいい、夫婦に戻りたいです」

茂助の目が潤《うる》んだ。

「気持ちはわかるがな……。まじめに店を営んでいれば、また、現れるかもしれんぞ」

「はい」

茂助はしっかりとうなずいた。

「ならば、これでな」

源之助は心づけを渡し、表に出た。

生暖かい風が吹き、空は雲っている。なんとなく、狐《きつね》につままれたような気になった。

大横川に沿って深川に南下し、竪川《たてかわ》に至ったところで、雨粒が落ちてきた、と、思ったら、すぐに雨脚が強くなった。

「夕立か」

暑気払いにはなるが、濡れそぼってしまう。大横川の川面が無数の矢が降り注いだように荒れだした。

急ぎ足で歩こうとした。往来を行く者たちの中には雪駄を懐に入れて、小走りになる者もいる。この時代、雪駄は貴重品だ。庶民がそうそう買えるものではない。

源之助も雪駄を脱ごうと思った。

源之助の雪駄は特別あつらえだ。薄い鉛の板を底に仕込んである。杵屋で特別に作ってもらっている。捕物や罪人を捕縛する際に、武器になればという源之助の工夫だった。居眠り番に左遷《させん》されてからは無用の長物《ちょうぶつ》なのだが、源之助は意地で履き続けている。この雪駄が八丁堀同心としての気概だ。

竪川に架かる新辻橋《しんつじばし》を渡ったところで、

「雨宿りでもなさいませ」

商家から呼び止められた。

声の方を見ると、打物屋《うちものや》、すなわち、包丁屋である。主人風の初老の男がにっこり笑って迎え入れてくれた。

「すまぬな」

せっかくの厚意に甘えよう。夕立だから、少しの間、雨宿りをさせてもらえばいい。

軒先で濡れた羽織を手で払《はら》い、中に入る。

棚に研《と》いだばかりの包丁が並べてあった。料理から裁縫《さいほう》に使うもの、畳や莨《たばこ》を切る職人向けのものまで、豊富な品揃えだ。客が一人いる。熱心に包丁を手に取り品定めをしていた。その横顔に見覚えがある。

「そなた……」

そうだ、鴨川屋の主人作次郎である。

作次郎は源之助に向き、首を捻《ひね》っていたが、

「ああ、矢作さまと一緒にいらっしゃいましたな」

と、思い出したようだ。

「まこと、美味なる魚であったな。鱧というのは」

「おおきに、そない、おっしゃってくださいますと、板前冥利《みょうり》につきます」

「実際、美味かった」

「お江戸の方のお口には合うかどうか、心配やったんですが、お陰さまで、ご贔屓さ

まが増えております」

　昨晩の寡黙《かもく》さとは打って変わった饒舌《じょうぜつ》ぶりだ。店の外という気安さがそうさせているのかもしれない。

「そうであろう。まったく、夏らしい料理であった。ここへ包丁を見に来るのか」

「こちらのお店は、堺《さかい》の品が揃っておるのです」

　泉州《せんしゅう》堺で作られる包丁は評判が高い。

「鱧は捌くのが大変だと聞いた。やはり、包丁もそれなりの物を用いないといかぬのだな」

「弘法《こうぼう》、筆を選ばず、と申しますが、わたしは、まだ腕が未熟なのか、よい、道具を見るとつい欲しくなってしまいます」

「それは武士も同じだ。名刀を見ると、どうしても欲しくなる。匂い立つような刃紋《はもん》を見ると手にしてみたくなる」

「それで、人を斬ってみたくなるのですか」

　作次郎は怖気をふるった。

「それはない」

　源之助は即座に否定した。

「これは失礼しました。お役人さま……」

「北町の蔵間と申す」

「蔵間さまは、町方のお役人さまでございましたね。人を斬ったことはないのですか」

「ある。やむを得ずにな」

「これは、つまらないことを聞いてしまいましたな」

作次郎は頭を下げた。

「なに、かまわぬ」

往来に視線を向けると小降りになっている。

「ほんなら、わたしはそろそろ」

「雨が上がるまでおってはどうだ、もっとも、わたしの家ではないが」

源之助はちらっと主人を見た。主人も勧めたが、

「ですが、店もありますさかい」

作次郎は言うと、そのまま出て行った。

「ならば、わたしもそろそろ」

腰を浮かしたところで、

「ゆっくりしていってください。今、お茶を淹《い》れます」

主人は親切に言ってくれたが、

「いや、無用だ」

いつまでも甘えるわけにはいかないと立ち上がった。すると、

「お待ちください。蔵間源之助さま」

主人は言った。

ぴくりとなった。作次郎には蔵間とだけ名乗った。それが名前まで知っているとは……。

「そなた、何者だ」

「わたくしは」

主人が名乗ろうとしたところで、襖《ふすま》が開いた。単衣《ひとえ》を着流した侍が現れた。きれいに、月代《さかやき》、髭《ひげ》を剃《そ》り上げ、目には力が感じられる。一目見て只者《ただもの》ではないと感じられた。主人が静かに言った。

「火盗改のお頭《かしら》、大井川正蔵《おおいがわしょうぞう》さまにございます」

火盗改の首領だと……。

なるほど、威圧感がするはずである。

源之助は両手をつき改めて名乗る。

「堅苦しい挨拶《あいさつ》は抜きだ」

大井川はさらりと言ってのけた。

「手前に何か御用でしょうか」

「頼みたいことがある。是非《ぜひ》ともそなたにな」

大井川は源之助を見据えた。

四

源之助は思わず身構えた。火盗改と町奉行所、微妙な関係にある。奉行所は罪人の探索、捕縛のみならず、江戸の町人からの訴訟沙汰《そしょうざた》、火事の鎮火など、民政も担《にな》っている。それに対し、火盗改は火付けや盗賊といった凶悪犯の捕縛に特化した役目だ。江戸の町人地に限らず、寺社や近在の村までも追いかけてゆく。捕縛に抗《あらが》う者があれば、躊躇《ためら》わずに斬り捨てる。

血飛沫の寛次のように、町方、火盗改、双方が追いかける悪党もいる。このため、好敵手という意識もあった。

「蔵間源之助、そなたのことは存じておる。凄腕の同心だとか」

大井川は笑みを浮かべたが、目は笑っていない。

「とんでもございません。拙者、居眠り番と揶揄《やゆ》される閑職に身を置く者ですのでな」

源之助は自嘲《じちょう》気味な笑みを浮かべて見せた。

「なんの、それはあくまでも表立っての顔、その実、敏腕ぶりを発揮しておるであろう」

大井川はちゃんと知っておるぞというような顔をした。源之助は無言でいる。

大井川は続けた。

「そなたに頼みというのは、殺しの探索じゃ」

火盗改が殺しの探索を町方に依頼するとは解《げ》せない。

「火盗改が町方に殺しの探索を依頼するとは怪訝《けげん》に思って当然じゃな」

大井川は説明を始めた。それによると、このところ、火盗改が使っている密偵たちが立て続けに殺されたのだという。

「その者たちとは……」

源之助の問いかけに、

「一人めは魚売りをしていた音吉《おときち》という男。十日前のことじゃった」

音吉は暴れ馬に蹴られて死んだという。

「何処《どこ》ででございますか」

「往生弁天の門前」

「往生堀……」

鴨川屋で話題に出た岡場所、凶状持ち揃いの無法地帯だ。

「二人めは七日前にお楽《らく》という女が死んだ。芸者をしていた。それが、客の一人と心中をした」

お楽を見初《みそ》めた米問屋の主《あるじ》と心中《しんじゆう》したという。心中場所は往生堀ではなく、柳橋《やなぎばし》の料理屋だそうだ。

「三人めは雲水《うんすい》の宗周《そうしゆう》という男だ」

宗周は愛宕権現《あたごごんげん》の石段から足を踏み外して転落死をした。一昨日の夜中のことだった。

「聞く限りでは、いずれも殺しではございませんな」

「いかにも、そこなのじゃ。みな、殺しとはみなされずに片づけられた。ところが、三人もの密偵たちが、八日の間に立て続けに死んだということは、はたして偶然と申せようかのう」

　大井川が危ぶむのも当然である。

「偶然かもしれませぬが……」

　そうは思えない。

　三人が立て続けに、死んだ。いずれも火盗改の密偵をやっていた者たちが死ぬとは考えられないことだ。

「しかし、密偵が死んだから怪しいという理由で、町奉行所に探索を要請するわけにはいかない」

　三人のうち、音吉は勘定方、お楽と宗周は南町が検分したということだ。確かに火盗改から、密偵だと素性を明かし、事件として探索して欲しいとは要請できないだろう。それで源之助に探索を依頼するのだろうが、それなら……。

「火盗改で探索をなされればよいではありませんか」

「それがのう」

　源之助が言うと、
　大井川の顔に苦悩の色が浮かんだ。

「どうしてですか」

その事情を聞かなければ、探索を引き受けることはできない。大井川もそのことを察知したようで、

「わしは火盗改の頭になって間もない。誰を信用してよいのか」

要するに疑心暗鬼《ぎしんあんき》になっているようだ。

「わしが、目下《もっか》、信用しておるのは」

大井川は打物屋の主に向いた。

主は静かに微笑んだ。

「火盗改の隠密同心で須藤平九郎《すどうへいくろう》と申す」

大井川が紹介すると、須藤は軽く頭を下げた。源之助もお辞儀を返す。

「密偵を使っておったのは、誰ですか」

「わたしだ」

須藤の商人のような口調は一変し、武士らしくなった。言葉遣いばかりではなく、凛《りん》と背筋を伸ばしたその様子も武士になっており、商人との落差を覚える。その落差が辣腕《らつわん》の隠密同心を思わせもした。

「須藤殿は三人の死を殺しと思われるのだな」

「いかにも。わたしはそう考え、お頭に言上《ごんじょう》した」

三人は、江戸市中にはびこる盗人たちの情報を聞き込み、それを須藤の下に報告に来たのだという。普段は、自分たちの稼業に精を出しているそうだ。当然、火盗改の密偵であることを知る者はないという。

「殺されたと考えるのは、死んだ時期が近いということの他に何か」

源之助の問いかけに、

「三人とも、血飛沫の寛次の探索を行っていた。血飛沫の寛次は往生堀に潜んでいた」

須藤は答えた。

「ほう、血飛沫の寛次の」

矢作の顔が浮かぶ。

「三人は血飛沫の寛次が確かに往生堀にいると確かめたのだ」

寛次は普段は往生堀に潜伏し、矢作が捕縛した時は偶々、大栄橋の近くの賭場で遊んでいたということだろう。

「しかし、捕縛したのは南町の同心であった」

源之助が言うと、

「あれは、偶々だった。思いもかけぬこと、我らからすれば、鳶《とんび》に油揚げをさらわれたようなものだ」

須藤は悔しげに顔を歪《ゆが》ませた。

「寛次は火盗改に引き渡され、火盗改の手によって処刑されたのだろう。血飛沫の寛次の子分たちが、仕返しに三人を殺したと疑っておるのか」

「それは否定できん」

須藤は言った。

ここで、矢作が見た寛次の幽霊のことが思い出される。

「ひょっとして、寛次が生きていると思っておられるのか」

「そんなことはない。実際、火盗改が処刑したのだ」

幽霊話を持ち出すことは憚《はばか》られる。

「ならば、やはり、子分たちの仕業《しわざ》と、須藤殿はお考えなのですな」

「そう考えるべきだろうが……。それがどうもな」

須藤はなんとも歯切れの悪い物言いとなった。

「何かあるのでござるか」

「蔵間殿、どうかお力を貸してくだされ」

須藤は頭を下げた。

「お手を上げられよ。探索は引き受けた」

探索、それは源之助には生き甲斐《がい》である。断るつもりはない。

「かたじけない」

須藤が改めて頭を下げる。

「なんの、引き受けたからにはしかと行います」

源之助が言うと、

「くれぐれも内密に願いたい」

大井川が言った。

「むろんでござる」

源之助は請《う》け負《お》った。

「いやあ、これで一安心だ」

大井川は何度もうなずいた。

「まだ、何もしておりません」

「蔵間源之助が引き受けてくれたのだ。この件は落着するであろう」

大井川の言葉を受け、
須藤が、

「実は、火盗改が密偵を使うことへの批判が高まっておるのだ」

「それはいかなる理由で」

「御公儀《ごこうぎ》の威厳を損なうものだと批判する者がおるのでござる」

「しかし、やくざ者に十手《じって》を与えておりますぞ」

「いかにもその通りなのだ」

須藤はそれ以上は言わなかったものの、不満を感じていることは確かだろう。

「ま、そのことはよい。ただ、火盗改としては密偵が殺されたとあっては、いかにも体面が悪い」

大井川が言った。

「それはそうでしょう」

「蔵間は口が硬いと思うから、口外はせぬであろうが、世の中には口の軽い者がおるものだ」

「その通りでござる」

須藤が賛意を表した。

「ところで、打物を商っておるということは、須藤殿、相当に包丁の目利きができるのでござるな」

「慣れでござる。これも、仕事と思ってやっておる。すると、時折、本当に商人ではないかと思ったりもする」

須藤は皮肉げに笑った。

「さもあろうな」

表の顔と裏の顔、自分も居眠り番と影御用という表と裏の顔がある。しかし、あくまで八丁堀同心だ。須藤の場合は、普段は商人に成りきっている。町奉行所にも隠密同心がいるが、彼らとはほとんど行き来がない。辛い役目であろう。

「大変でござろうな」

つい、そんな言葉が口から出た。

「役目でござる」

須藤はさらりと言ってのけた。

「いや、大変だと存ずる」

「お互いでござるよ」

須藤は言った。

雨が上がった。

夕焼け空が広がっている。風が涼しくなった。暑気払いになったが、夕空の茜が血のように見えて仕方がなかった。

五

八丁堀の自宅へと戻った。

「お帰りなされませ」

玄関で妻久恵《ひさえ》が三つ指をついた。大刀を鞘《さや》ごと抜いて久恵に渡す。廊下を奥に進みながら、

「夕立には降られませんでしたか」

「幸い、雨宿りをさせてくれる商家があってな」

居間に入った。すぐに夕餉《ゆうげ》の支度をしますと久恵が腰を浮かせたところで、

「ところで、そなた幽霊を見たことがあるか」

久恵は戸惑いの顔となり、腰を落ち着けた。

「いいえ、ございませんが。幽霊がどうかしたのですか」

「近頃、見た者に立て続けに会ったのでな」

久恵は小首を傾げた。

そこへ、

「御免《ごめん》ください」

と、明るい声がした。

息子源太郎の妻美津である。二人は、敷地内に別棟を構えて暮らしている。久恵が応対に出る。すぐに美津が重箱を持って入って来た。

「美津殿がお裾分《すそわ》けを持って来てくださいましたよ」

美津は料理上手《じょうず》である。

たまに、多めにこさえた料理を持って来てくれる。今日は煮しめだった。牛蒡《ごぼう》、蒟《こん》蒻《にゃく》、昆布が甘辛く煮しめてあった。

「お父上さまのお口に合いますよう、濃いめの味つけにしてあります」

美津は言った。

「すまぬな」

源之助は、濃い味つけを好む。その方が、飯が進むというものだ。

すると久恵が、

「美津殿、幽霊を見たことありますか」

「いいえ、ございません。幽霊なんぞ、この世にはいないものと存じます。あの世にいるから幽霊なのではございませんか」

美津は日頃より、はっきりと自分の考えを言う。

「そうですよね」

久恵も賛同し、源之助が幽霊を見た者に会ったことを言った。

「きっと、その人たちは幻を見たのですよ。幽霊の正体見たり枯尾花《かれおばな》、ではないのですか」

美津は笑った。

「それがのう、見た者の一人は矢作なのだ」

これには美津も口をあんぐりとさせた。

「兄上が……」

美津は矢作が幽霊を見たことが信じられないと言う。

「兄上は幽霊を見るような男ではございませんから」

美津は何度も信じられないと繰り返した。

「酔っ払っていたのではございませんか。それで、夢と実際の区別がつかなくなってしまったということでしょう」

「そうではないと、本人は申しておるのだがな」

「今度、兄上に会ったら、飲みすぎないよう言ってやります」

美津はお辞儀をして居間から出て行った。

「幽霊ですか……。夏ですね」

久恵も食膳を整えると言って出て行った。

「さて」

ごろんと横になった。

明日から、火盗改の一件に集中しよう。幽霊騒動はお預けだ。

明くる十二日も奉行所に出仕をした。

といっても、役目があるわけではなく、すぐに火盗改の密偵殺害の件を調べようと行動を起こした。

まずは、愛宕権現へとやって来た。

見上げるほどに急峻《きゆうしゆん》な石段が天に向かって伸びている。

寛永《かんえい》十一年（一六三四）三代将軍徳川家光《とくがわいえみつ》が増上寺《ぞうじようじ》に父秀忠《ひでただ》の三回忌法要の参拝をした帰途、愛宕山の山上に梅が花を咲かせているのを見た。家光は、「馬で梅の枝を取って来る者はいないか」問うた。讃岐国《さぬきのくに》丸亀《まるがめ》藩士曲垣《まがき》平九郎《へいくろう》が馬で石段を駆け上り、見事に梅の枝を取って来た。平九郎は馬術の名人として天下に名を轟《とどろ》かせた。

それ以来、出世の石段と呼ばれている。

そんな由緒《ゆいしょ》ある石段を一歩、一歩、踏みしめながら上る。石段の両側には鬱蒼とした木立が生い茂り、蟬《せみ》の鳴き声がかまびすしい。石段の中ほどに至った頃には、汗だくである。息が上がるほどではないが、若い頃のように一段飛ばしで駆け上がる気は起こらない。

石段を上り切り、社《やしろ》に向かう。下には江戸の町並みが広がっていた。

火盗改の密偵、宗周が景色に見とれて足を踏み外した、などということはなかろう。宗周が死んだのは真夜中と推察された。夜中に愛宕権現の石段を上ったということは、誰かと待ち合わせでもしていたということか。

そして、その待ち合わせ相手によって突き落とされた。

殺されたとすれば、そんな筋書きが頭に浮かんでくる。

夜中とあって、目撃者はいない。亡骸《なきがら》を発見したのは、石段の下を通りかかった納豆売りである。

町奉行所が事故として片づけたのも無理はない。雲水ゆえ、住まいはわからない。

旅から旅を続けていたと解釈された。身内との連絡もつかないだろうということにもなった。従って、手がかりは何もない。

「さて、どうするか」

何から手をつけていいのかわからない。愛宕権現に来てみたものの、途方に暮れるばかりだ。

同心の勘も働かない。

「次に行くか」

ぼそっと愚痴《ぐち》とも言えぬことを言いながら権現にお参りをしてから去ることにした。

続いてやって来たのは、心中の現場である。一時《いっとき》（二時間）ほども歩き、柳橋の料理屋桔梗屋《ききょうや》へとやって来た。

女将《おかみ》に面談を求める。

すぐに女将が現れ、豊《とよ》と名乗った。玄関脇の帳場で源之助はお豊と向かい合った。

「先日の心中騒ぎについて聞きたいのだが」

源之助は素性を名乗った。

「その一件でしたら、御奉行所では既にお話をして、終わっておると思うのですが」

お豊は戸惑いと疑念、それに恐れの入り混じった目で見返してきた。

「今更、調べということではない。ただ、わたしが興味を抱いてな、今回に限らず、このところ、心中が立て続けに起きておるものでな、今後の参考にしたいのだ」

苦しい言い訳で、お豊の疑念が晴れたのかどうかは疑わしいが、ともかくうなずいた。

「心中した、お楽という芸者、それから米問屋の主人……、ええっと、名は」

「備前屋《びぜんや》さんのご主人で門右衛門《かどえもん》さんです」

「馴染み客であったのか」

「よく、いらっしゃいましたよ」

「お楽を座敷に呼んでおったのだな」

「はい、それはもうご執心《しゅうしん》でございました」

お豊によると、門右衛門はお楽にぞっこんだったという。

「お楽の方は」

「露骨に嫌な顔は見せていませんでしたが、嫌がっていましたよ」

お豊によると、門右衛門はお楽を身請《みう》けして囲いたいと願っていたようだ。ところが、お楽にその気はなかった。

「何不自由のない暮らし、いえ、贅沢な暮らしをさせてやると、口説《くど》いていたようなんですけどね、お楽さんは承知しなかったんですよ」

それはそうだろう。火盗改の密偵となれば、囲われるわけにはいかない。

「そんなにも嫌がっていたのか」

「しまいには、門右衛門さんがいらっしゃるお座敷には出たがらなくなりました」

お豊は門右衛門が贔屓客で、大金を落としてくれるとあって、お楽が門右衛門を袖《そで》にすることは勘弁してくれという思いだったという。

「それで、風邪をひいたとかいって、出なくなったんですが、それも、何度も続けるわけにはいかなくて」

とうとう、出た日に、門右衛門はお楽と座敷で二人切りになり、そこで包丁で刺し殺し、自分の喉をついたのだとか。

「それはもう、惨《むご》たらしいものでした」

お豊はその時の様子を思い出したのか、怖気をふるった。

「門右衛門はいくつだった」

「還暦《かんれき》をお迎えになったのです」

老いらくの恋ということか。

「生まじめなお方だったんですけどね」

商い一筋にやってきたのだとか。それはまじめであっただけに、お楽という女に惚《ほ》れ、周りが見えなくなったということだ。

「その時、二人以外に立ち入ることはできたか」

「それはできたでしょうけど、どうしてですか」

二人は離れ座敷で会ったという。門右衛門の強い希望で、呼ぶまでは誰も入るなということであったらしい。

しかし、誰かが入ろうと思えば、入れたはずだという。源之助は一応離れ座敷を見せてもらった。

今は、心中事件があったとあって、使われなくなっているという。

庭にある離れ座敷は往来の近くだ。出入りするに不自由はない。忍び込もうと思えばできるだろう。

やはり、殺しか。

源之助は蟬時雨《しぐれ》が降り注ぐ中、思案しながら立ち尽くした。

魚売りの音吉が暴れ馬に蹴り殺されたのは悪名高き往生堀、手がかりが得られるとは思えない。

第二章　密偵殺し

一

矢作兵庫助は衝撃を受けた。

血飛沫の寛次の幽霊を見た二日後、十二日の晩、新川《しんかわ》の酒問屋井筒屋《いづつや》に押し込みが入った。主人の家族と奉公人たちは皆殺しにされた。まさしく血飛沫の寛次のごとき所業である。

矢作は店の前で呆然と立ち尽くした。

「これは……」

矢作は口の中でもごもごとやっていた。

すると、羽織に着流しという白衣《びゃくえ》姿の侍が近づいて来た。八丁堀同心とは異なる

雰囲気を漂わせたこの男、

「南町の矢作殿とお見受けする。拙者、火盗改の同心三浦次郎三郎《みうらじろさぶろう》と申す」

果たして火盗改であった。

矢作が無言で見返すと、

「血飛沫の寛次の仕業だな」

三浦はにんまりとした。

「そんな馬鹿な」

矢作は否定したものの、言葉に力が入らない。

「寛次、生きているのではないのか」

「処刑されたではないか。貴殿ら火盗改の手で」

矢作が目をむくと、

「その男、まこと血飛沫の寛次であったのだな」

「おれが誤って捕縛したとでも申すのか」

矢作は言い返したが、いつものように自信が持てないのは、寛次の幽霊を見たからだ。

「果たして、お主が捕縛したのは寛次で間違いなかったのかな」

「間違いない」

「そうかな」

三浦は小馬鹿にしたような笑みを浮かべた。

「火盗改が捕縛できなかったから、そんなことを申すのか」

矢作は三浦を睨《にら》んだ。

「そうではない。最近、妙なことを耳にするのだ」

三浦は辺りを憚るように周囲を見回した。

「どうした」

「血飛沫の寛次を見た者がいるのだ」

「まさか……」

矢作は首を横に振った。

「まさかだとは思う。火盗改の手で処刑したのだからな。すると、目撃された寛次は幽霊ということになる」

三浦は思わせぶりに言った。

「幽霊……」

笑顔を浮かべたが、引き攣《つ》っているのが自分でもわかる。

「矢作殿は幽霊を見たことがあるか」

「ない。幽霊などいるものか」

言葉に力が籠《こ》もらない。

「わしとて、そう思っておった。ところが、近頃ではいるのかと思えてきた」

三浦は怖気をふるった。

「見たのか」

「ああ」

三浦は小さくうなずく。

「なんの幽霊だ」

「斬り捨てた盗人どもの幽霊だ。寛次の幽霊を見た者がおってもおかしくはない」

三浦の目がうつろになった。

「疲れておるのではないのか」

「そうかもしれぬ……、いや、やはり幽霊だ。おれは見た」

「幽霊な……。幽霊でないとしたら、寛次が生きているのかもな。ならば、この押し込み、血飛沫の寛次の仕業ということか」

「おい、寛次はおれがこの手で捕まえたんだぞ」

矢作は自分自身に言い聞かせるように言った。

「お主、本当に寛次を捕まえたのか、よもや偽者ではあるまいな」

三浦は責めるような目を向けてきた。

「本物に決まっているだろう」

つい言葉を荒らげてしまった。自分でも自信が揺らいでいるのがわかった。


酒問屋を離れた。

すると、

「兄上」

と、声をかけてきた男がいる。

矢作の妹美津の亭主、蔵間源太郎である。生まじめを絵に描いたような男で、父源之助を尊敬し、悪を許さない、若い血をたぎらせる八丁堀同心だ。脇に従っているのは岡っ引、歌舞伎《かぶき》の京次《きょうじ》である。その二つ名が示すように、歌舞伎役者のような男前だ。事実、若い時分には役者修業をしていた。

「町廻りか」

「押し込みですね。皆殺しだそうで」

源太郎が言うと京次がむげえと呟《つぶや》いた。

「血飛沫の寛次ってわけはないでしょうね」

京次は言った。

「そんなことがあるわけない。兄上がお縄にして、火盗改の手で処刑されたのだからな」

源太郎は笑い声を上げた。

「そうなんだがね」

矢作は返事をしたものの、その顔は真っ青だ。

「どうしたんですか。まるで、幽霊でも見たような顔つきですよ」

源太郎は矢作が疲れているのかと思ったが、
ふと美津から聞いた話を思い出した。

「兄上、幽霊を見たそうじゃありませんか」

冗談だと思って問いかける。しかし、矢作は大まじめに、

「見たんだ。親父殿と飯を食ってからの帰り道にな」

「嘘でしょう」

京次が言ったが矢作は、

「確かにあれは血飛沫の寛次だった」

「じゃあ、この押し込みは血飛沫の寛次ってこってすか」

京次は薄笑いを浮かべている。頭から信じていないようだ。ところが、

「満更《まんざら》、冗談ではないような」

矢作はぞっとするように身震いをした。源太郎が口を閉ざしていると、

「ともかく、この一件はおれが始末をつける。いいな」

まさしく有無を言わせない態度だ。源太郎はうなずくと京次と共に立ち去った。

一休みしようと、新川の茶店に入った。葦簾張りが遮《さえぎ》り切れない強い日差しに身が焦がされそうだ。京次が、

「矢作さま、かなり思いつめていらっしゃいましたね」

「兄上、ひょっとしたら、自分が捕縛した男が、まこと血飛沫の寛次だったのかどうかと半信半疑になっておられるのかもしれんな」

「それで責任を感じて、意地でも一件を落着させようってお考えなんですかね」

「きっとそんなところだろう」

源太郎は呟いた。

「まさか、血飛沫の寛次の仕業ではないでしょうが、血飛沫の寛次も真っ青の押し込みでしたね。ということは、寛次の手下の仕業かもしれませんや」

京次の言葉に源太郎もうなずく。

「火盗改も、黙っちゃいないでしょうね。なにせ、血飛沫の寛次は火盗改が血眼になって追っていたんですし、自分たちの手で処刑したんですから」

「火盗改も見過ごしにはできないだろう」

「矢作さまのことですよ。火盗改とも手柄争いをなさるんじゃありませんか」

京次は肩をすくめて見せた。

「おそらくはな……」

そのことも心配だ。矢作は引くということをしない。ましてや、今回の押し込みは自分の一件だと思っている。ならば、とことん突き進むだろう。

「ともかく、町廻りですね」

京次が大きく伸びをしたところで、

「死人だ！　死人だぞ！」

という声が聞こえた。

源太郎と京次は顔を見合わせ、すっくと立ち上がった。

死人は近くの稲荷《いなり》の茂みで見つかった。

樫《かし》の木の枝に首を吊っていたのだ。

「首吊りか」

京次は見上げた。

首を吊っているのは若い男だ。茂みの中は鬱蒼と木が生い茂り、昼間というのに薄暗い。それに加えて蝮《まむし》が出るという評判があるため、普段近づく者はなく、それをいいことに、女を引きずり込んで、手籠《てご》めにする悪党もいる。そんなわけだから、とかく評判が悪い。

新川界隈《かいわい》では、薄闇稲荷というよからぬ名称が付けられてもいた。

「よりによって、こんな所で首を括《くく》るなんて、仏さん、よっぽど追い詰められていたんですかね」

京次の問いかけに、

「ともかく、素性を確かめるのと、検死だな」

源太郎は答えた。

「それにしても、仏さんを下ろさねえといけませんね」

京次は亡骸《なきがら》を見つけたという若い男を見て、

「仏さんを見つけたのも、何かの縁だ、手伝ってくんな」

「へえ、ですが、先を急ぎますんで」

男は及び腰となったが、

「まあ、いいじゃねえか」

京次に急《せ》かされ、男は渋々手伝った。

三人がかりで仏を下ろし、近くの自身番《じしんばん》へと運んだ。

「なら、あっしはこれで」

男は立ち去ろうとしたが、

「すまぬが、話を聞かせてくれ」

源太郎が引き止める。

男は三太郎《さんたろう》と名乗り、定職にはついていないという。要するにやくざ者だ。

二

源太郎は三太郎が妙におどおどとしていることが気になった。

「どうした」

「いえ、別に」

三太郎は視線を合わせようとしない。

「仏を見つけた時の様子を聞かせてくれ」

「偶々、あの稲荷にお参りをしまして、それで仏を見つけたってわけでしてね」

三太郎は早口になった。それが、何か隠し事があることを疑わせる。

京次が、

「あの藪《やぶ》の中は、誰も近寄らねえもんだぜ」

「偶々ですよ」

三太郎の声が裏返った。

「偶々で、あの藪の中に立ち入るもんかい」

京次が迫る。

「ですから、その……」

三太郎はもじもじとしていたが、やがて開き直ったように、

「あっしが、何かしたってんですか。あっしは、この仏を見つけたんですぜ。誉《ほ》められこそすれ、悪いことをしたわけじゃねえんだ」

「何も、おまえが悪いことをしたとは申しておらぬ。ただ、仏をみつけた時の経緯《いきさつ》を教えてくれと尋ねておるのだ」

源太郎はあくまで冷静さを保った。三太郎は口の中でぶつぶつと言っていたが、

「女ですよ」

「女を手籠めにしようとしたっていうのかい」

京次が詰め寄る。

「ち、違いますよ」

三太郎はかぶりを振った。

「どう違うってんだ」

「女から誘って来たんですよ」

「見知った女かい」

「いえ」

三太郎は首を横に振った。

「なら、夜鷹《よたか》か」

京次はこんな真昼間に夜鷹ってことはねえな、と自分の言葉を否定した。

「あっしがぶらぶらとしてましたら、目の前を滅法《めっぽう》いい女が通りかかったんですよ」

その女が誘うような眼差しを投げて寄越《よこ》したのだそうだ。

「それで、あっしは誘われるまま、藪の中に入って行ったんで」

「都合のいいこと言いやがって」

京次は頭から信用しようとしなかったが、

「その女はどうした」

源太郎は大まじめに尋ねた。

「それっきり、消えちまって」

女は藪の中に入り、何処かへ逃げ去ったという。三太郎の言葉を信用すれば、女は首吊りを発見させたくて誘いかけたのではないだろうか。すると、女は首吊り男と関係があるのかもしれない。

傍らで男の亡骸を検死していた医者が、

「首を括ったのは、昨日の夜だな」

「先生、殺しということはありませんか。つまり、絞め殺してから、首吊りに見せかけたということです」

医者はしばし思案していたが、それは断定できないと答えた。

「その女が殺したってことですか」

京次が訊く。

「いや、そうとは決められない。女の手で首吊りに見せかけることは無理だし、わざわざ、亡骸を見つけさせることもない」

「そうですよね」

「ともかく、女を追うか」

源太郎は三太郎に女の様子を丹念に聞き、人相書きをしたためることにした。絵師を呼び、三太郎に協力をさせる。その間、

「あの、三太郎って男の話、信用するんですか」

「嘘ではないと思うな」

「どうしてですか」

「女に対する証言が詳細で、矛盾《むじゅん》がなかったからな。あれは、作り話上の女とは思えないな」

源太郎は言った。

それから、しばらくして人相書きが出来上がった。

「旦那、なら、あっしはこれで」

三太郎は腰を上げた。それから、仏の顔を見て、

「おやっ」

と、呟いた。

「なんだ」

京次の問いかけに、

「こいつ、どっかで見たような」

今度は首を捻った。

見つけたときは仰天して、ろくに顔を見なかったそうだ。それが落ち着き、自分の濡《ぬ》れ衣《ぎぬ》が晴れて安心し、改めて亡骸を見直すと、見かけたことがあるのだという。

「早く、思い出せよ」

京次がせっつく。

「待ってくだせえよ、こちとら、あんまり頭の巡りはよくねえんですから」

三太郎は余裕を示した。

しばらく考えていたが、

「そうだ、賭場だ。賭場によく出入りしていやがった」

三太郎が通う、深川の大栄橋の袂にある賭場で見かけたのだという。

「名前はええっと」

しばらく考えてから、

「美濃吉《みのきち》だ。そうだ。美濃吉だった」

三太郎は美濃吉が博打《ばくち》に勝って気分がいい時におごってもらったのだそうだ。

「で、美濃吉って男は、何をしているって言っていた」

「さてね、あっしと同じやくざ者じゃございませんかね」

どこの一家にも属していなさそうだと言い添えた。

「賭場を教えろ」

「へい」

三太郎は賭場の所在を告げた。

源太郎と京次は大栄橋の袂にある法華宗《ほっけしゅう》の寺妙宗寺《みようしゆうじ》へとやって来た。さすがに昼間から賭場は開帳されてはおらず、三太郎から賭場を仕切る房州《ぼうしゅう》の安次郎《やすじろう》という博《ばく》徒《と》の家を教えられ、尋ねた。

三十間川の河岸に並ぶ船宿の一軒であった。女房にやらせているということだ。子分らしき男たちが、船宿の周囲をうろうろしている。源太郎と京次を見て、八丁堀同心と岡っ引きであると気付いたのだろう。

「旦那、手入れですかい」

一人がねめつけてきた。

「ちょっと、安次郎に話を聞きたいだけだ」

「なんの話です」

「うるせえ、すっこんでろ」

京次が怒鳴った。子分たちは不承不承《ふしようぶしよう》といったところで道を開けた。船宿に入る。じきに女将が出て来た。京次が名乗り、安次郎に会いたい旨《むね》伝える。帳場にいるという。源太郎と京次が中に入る。安次郎と思《おぼ》しき男は寝そべっていたが、二人を見上げるとむっくりと半身を起こした。浴衣《ゆかた》の胸元がはだけている。そこから胸毛が露出していた。源太郎の前でも、胸元を直そうともせずにあぐらをかいた。

「手入れですかい」

安次郎は巾着《きんちやく》をごそごそとやっていたが、一分金を三枚取り出して源太郎の前に二枚、京次の前に一枚を置いた。これで、目こぼしをしてくれということだろう。

「勘違いするな」

源太郎は金を返す。安次郎は、

「これじゃあ、ご不満ですか」

ぶつぶつと言う。

「なにせ、この前の一件がありましたんでね。ここんとこ、客が減って、こちとらの凌《しの》ぎも大変なんですよ。だから、子分どもに、船頭をやらせて、稼がせてるって具合で」

「この前の一件ってなんだい」

京次が問うと、

「ご存じありませんか。血飛沫の寛次って大悪党をお縄にしたって一件ですよ」

「ああ、あれ、おまえの賭場でのことだったのか」

京次が訊いた。

「そうですよ。まさか、寛次がいるなんてこっちも、びっくりでさあ」

安次郎は散々に愚痴を並べた。

「そういうことかい」

京次は納得したようだ。

「で、旦那、勘弁してくだせえよ」

安次郎は渋面《じゅうめん》を作った。

「だから、今日は手入れではないのだ。賭場を摘発するつもりはない。それとは別に訊きたいことがあるのだ」

源太郎は言った。

「ってことは、なんですか」

「美濃吉という男、知ってるか」

「美濃吉……、ああ、すっぽんの美濃吉ですね」

「すっぽんの美濃吉とは妙な二つ名だな」

「すっぽんのようにくいついたら離れねえって野郎で、面相もそのせいか、どことなくすっぽんに似てるんですよ」

安次郎は笑い声を上げた。

「どういった素性だい」

京次が訊く。

「何処に住んでいるとか、何をやっているってことは聞いたことがねえんですがね、

「この前、出入り止めにしてやったんですよ」

安次郎は言った。

三

「出入り止めってのは、賭場に借金をこさえたってことかい」

京次の問いかけに、安次郎は顔を歪め、

「すっぽんて二つ名の通り、とんだすっぽんぶりを発揮してやがったんですよ」

すっぽんの美濃吉は、賭場に出入りするこれと見込んだ商家の主人に狙いをつけ、親しげに近寄り、親密度が増したところで、賭場に出入りしていることをネタに脅しをかけ、強請《ゆす》りをしていたそうだ。

「とんでもねえ野郎だったんですよ。そらね、あっしらだって、誉められたもんじゃねえが、賭場には賭場の仁義ってもんがありますからね」

安次郎はよほど腹に据えかねたのだろう、顔を真っ赤にした。それから、

「で、美濃吉がどうかしたんですか。何か悪さ、そうだ、強請りを訴えられたんじゃないですか」

「そうではない。昨晩、首を吊って死んだんだ」

安次郎は一瞬口を閉ざしたが、

「へえ、首を吊りやがったとはね。悪行の報いで、追い詰められたってことか」

「その理由が知りたいと思ってな」

源太郎は心当たりないか尋ねた。

「あっしに訊かれましてもね……」

「ところで、美濃吉が強請りを働いていることはどうして今頃わかったんだ」

「客からの苦情ですよ」

元々は、美濃吉はちびちびとした小銭をせびる程度だったそうだ。強請り取るのは、精々一分くらいだそうで、商人たちも、それくらいなら目を瞑《つぶ》って恵んでやっていたという。

「ところが、このところ、強請りの金がめっきりと増えたそうなんですよ」

美濃吉は一人当たり、十両単位で金を強請ったという。

「それで、商人衆もたまりかねて訴えかけたってわけでしてね」

「どうして、美濃吉は急に多額の金を強請ろうとしたのだろうな」

「はっきりとはわかりませんがね、子分たちの話によると、なんでも、美濃吉は滅法《めっぽう》いい女に入れ込んでいやがるって」

「つまり、その女に入れ込んで、貢《みつ》いでいたってわけかい」

京次が問う。

「そんなとこじゃねえですかね。それで、貢いだ挙句《あげく》に袖にされて首を括ったってことってしょう」

安次郎の言うことは筋が通っているようだ。

「すると、女が何者かということか」

源太郎が呟くと、

「あっしは知りませんぜ。どうせ、どっかの商売女でしょう」

「そうだろうがな」

京次は舌打ちをした。

「ともかく、これ以上の面倒はごめんですぜ」

安次郎はうんざりしたように首を横に振った。

「わかった、わかった。邪魔したな」

源太郎は京次を促し立ち上がった。

二人は船宿を出た。

燦々《さんさん》と降り注ぐ日差しは強烈で、真っ白に光っている往来に人気《ひとけ》がない。真昼間だというのに静けさが漂い、それが厳しい暑さを物語っていた。川風を期待したが、風は吹くものの生温《なまぬる》く、涼などはまったく感じられない。

「やはり、女に貢いだ挙句にふられて首を吊ったってことですかね」

京次は言った。

「そうだろうがな、何か引っかかるな」

「殺しってことですか」

「そうかもしれん」

「考え過ぎですぜ」

「そうかもな」

源太郎は空を見上げた。

ぎらつく日輪は何も答えてはくれない。

源之助は火盗改密偵の探索について報告をしようと、新辻橋の袂にある打物屋に立ち寄った。火盗改の隠密同心須藤平九郎は暖簾を取り込み、店仕舞《みせじま》いをした。

「手がかりはない」

源之助はまず言った。

須藤はまじまじと源之助を見返して、

「また、一人殺された」

「また……」

源之助はさすがに、呆然とした。まるで、自分の探索がうまくいかないがために、犠牲者が増えているような気になってしまった。

「何者だ」

「美濃吉という男でな、やくざ者というか、けちな博打打ちだったんだが、昨晩、首を吊った。新川の薄闇稲荷の藪の中でな」

「首を括ったということは自害ではないのか」

「そんなはずはない。あいつが自害する理由などはない」

「これで、四人めか」

源之助は呟いた。

「一体、何者の仕業であろうな。不気味なものを感ずる」

須藤が言うのも当然である。火盗改の密偵を次々と殺してゆくとは、よほど大きな力が働いているとしか思えない。

「一旦引き受けたからには、最早《もはや》引けぬ。なんとしても、下手人《げしゆにん》を突き止めてみせる」

源之助は決意を新たに、打物屋を後にした。

暮れなずむ町並みは、薄ぼんやりとしており、それが、謎に包まれた連続殺人を象徴しているような気がして仕方がない。


夕刻になり、両国から神田に抜けた。

汗ぐっしょりだ。

喉の渇《かわ》きを覚える。

三河町《みかわちよう》に来たところで、幸い京次の家の近くだ。立ち寄って茶の一杯も飲ませてもらおう。

京次の家へと足を向けた。

京次の家は、女房のお峰《みね》が常磐津《ときわず》の師匠をしている。そのため、近くなると三味線《しやみせん》の音色が聞こえるのだが、今日はもう稽古を終えたらしく、しんとしていた。

格子戸を開け、

「邪魔するぞ」

と、声をかけた。

すぐにお峰が出て来てどうぞ上がってくださいと言う。居間に上がると、京次が出て来た。冷たい麦湯が出される。一息に飲み干した。

「どうかなさいましたか」

京次が言った。

「この暑さだ。近所まで来たのでな、喉を潤そうと思った」

「そうですかい。今年の夏は一段と暑いですからね。なんて、毎年そんなことを言ってるような気がしますね」

「まあ、そう言いたくもなる陽気だ」

言ってから、何か事件があったのか尋ねた。

「事件ってほどじゃねえんですがね、首吊りがありましたよ」

京次は言った。

「首吊り……。ひょっとして、新川にある薄闇稲荷の藪の中か」

京次はおやっという顔になり、

「ご存じですか」

「ちょっと、耳にした」

火盗改の密偵の一件は言えない。

「美濃吉っていう、博打打ちなんです。女に振られた挙句の首吊りだと思うんですがね、源太郎さんは、引っかかるようで」

「源太郎は殺しだと踏んでいるのか」

「そうなんですよ」

京次は考え過ぎのような気がすると言い添えた。源之助は息子の同心としての勘働きの良さに成長振りを感じたが、喜んでいる場合ではない。

「惚れた女の行方を追うことになりましたよ」

京次は言った。

「そうだな、鍵《かぎ》を握るのはその女と考えるべきだな」

「やはり、蔵間さまも、殺しと踏みますか」

「殺しの線で探索した方がよかろう」

源之助は言った。

「やはり、殺しか。女な」

京次は人相書きを見せた。

「色っぽい、いい女だそうですよ」

するとお峰が、

「女がどうかしたのかい」

たちまち反応する。

「馬鹿、殺しだよ」

京次は舌打ちをした。

四

その晩、源太郎の家を矢作が訪れた。

美津が、

「兄上、その後、幽霊をご覧になりましたか」

それはいかにもからかい半分の口調だった。

「見たともさ」

矢作はむっとしながら返した。美津は笑おうとしたが、矢作の怒ったような顔つきに口を閉ざした。

源太郎が、

「兄上は新川の酒問屋のこと、血飛沫の寛次の仕業だとお考えなのですか」

「そうかもしれん」

矢作は唇を噛んだ。

美津が、

「血飛沫の寛次の幽霊ということですか」

美津は、冗談ではない矢作の真剣さを心配しているようだ。すると、矢作は妹の心配を慮《おもんぱか》ったのか、

「なに、相手が幽霊だろうが、妖怪《ようかい》だろうが、お縄にしてやるさ」

と、強がった。

重苦しい空気が漂った。それを払《はら》うように源太郎が、

「こっちは、奇妙な首吊りに遭遇《そうぐう》しましたよ」

と、薄闇稲荷での美濃吉首吊り事件を話した。

「それ、絶対に殺しよ」

美津がたちまち食いついてきた。次いで、矢作に向かって、賛同を求めた。矢作は
それには答えず、

「房州の安次郎が仕切っている賭場に美濃吉が出入りしてたっていうのは本当か」

「本当です。兄上が、寛次を捕縛した賭場ですよ」

「こそ泥の余吉を追って行ったところだな」

「そうです。余吉、どうなっていますかね」

「あいつは、けちな空き巣だ。寛次捕縛を手伝ってくれたこともあり、五十叩《たた》きで放免された。居所は、わかってるぞ」

「それは、心強い。余吉は美濃吉のことを知っているかもしれません」

「そうかもな」

矢作が返事をしたところで、美津が矢作に源太郎に協力することを頼んだ。

「よかろう」

矢作は余吉の所在を教えてくれた。

「おれは、寛次の足取りを追う。もっとも、幽霊なら足取りはなかろうがな」

矢作は自嘲気味な笑いを浮かべた。

明くる十四日、源太郎は京次と共に、矢作から教えられた余吉の家へと向かった。

余吉は浅草誓願寺《せいがんじ》裏の長屋に住まいしていた。いかにも、裏長屋といったたたずまいである。木戸を潜ると、悪臭が漂っている。路地の溝板《どぶいた》が日輪に焦がされて、そっくり返っていたり、穴が開いていたり、歩きにくいことこの上ない。風は通らず、うだるような暑さが籠もっていた。長屋のあちらこちらから、赤ん坊の泣き声、子供たちの声、それを叱る母親の声が聞こえてくる。

余吉の家は一番奥、ごみ溜めの直ぐ近くであった。

「余吉、いるか」

京次が腰高障子をぼんぼん叩いた。しばらくして気だるい声が返された。次いで、

「なんすか」

男が着崩した着物で出て来た。源太郎と京次を八丁堀同心と岡っ引だと見て、

「外で話しましょうか」

中は暑くてしかたがないとぼやきながら、外と大して変わりはないが、木陰なら、いいだろうと余吉は言った。

三人は浅草寺《せんそうじ》の境内《けいだい》へとやって来た。浅草寺までの道々、余吉は背中が痛いと五十叩きの後遺症についてぼやき続けた。

浅草寺の五重塔の影に身を入れる。幾分か、涼を感じることができた。

「なんですよ」

余吉はいかにも面倒臭そうに再度、問うてきた。京次が、

「房州の安次郎の賭場に出入りしていたな」

「ああ、そこで、お縄にされたんだ。南町の矢作の旦那によ」

それで、どうしたという目をする。

「房州の安次郎の賭場に出入りしていた美濃吉という男を知ってるか」

「すっぽんの美濃吉かい。知ってるよ。何度か、一緒に飲んだことがある」

「美濃吉って野郎は、賭場に出入りしている商人を強請《ゆす》っていたというのは本当かい」

「ああ、そんなことをやっていたようだな」

「この女は知っているか」

京次は女の人相書きを示した。余吉の目が凝らされた。

「この女……。美濃吉の野郎が入れ込んでいた女じゃねえかな」

「どんな素性の女だ」

京次がすさまじい勢いで問いかけたものだから、余吉は大きく仰《の》け反《ぞ》った。

「し、知らねえよ。ただ、一度、美濃吉が一緒に蕎麦《そば》を食っているところを目にした

んだ」

余吉は気になって、美濃吉に訊いたのだそうだ。

「あいつ、目尻を下げやがって、あんなうれしそうな顔を見たことはなかったんで、よっぽど惚れていやがるんだと思いましてね」

女の名前はお民《たみ》だそうだ。

「何をやっているかは知らないってことでしたが、時々、会って飯を食うのだとかって」

「美濃吉が惚れているのは、美濃吉の様子だけか」

源太郎が聞いた。

「金ですよ」

「金……」

「金、そうですよ。美濃吉の奴、お民のために金をこさえているんですよ。お民、借金を抱えてるってことでしたがね」

「お民の借金のために強請りの金を莫大《ばくだい》にしていったというのか」

源太郎が訊く。

「そのようですよ」

「そんなに入れ込んでいたのか。お民はどんな借金を抱えていたのだ」

「そこまでは知らねえよ」

余吉はかぶりを振った。


余吉と別れた。

「やはり、美濃吉は自害したんですよ」

京次は言った。

「美濃吉はお民の借金を払ってやるべく強請りを働き、お民のための尽くしたのに、袖にされた。そのことを苦に自害したってことですよ。違いありませんや」

京次はまさしく、自説を信じているようである。

「そうかな」

源太郎は首を捻った。

「どうしてですよ。何が引っかかるっていうんですか」

京次はそのことが疑問であるかのようだ。源太郎もはっきりとは答えられない。しかし、美濃吉は殺されたのだと確信している。それ以外には答えはないとしか言いようがない。

「そうですかね」

京次は頭を捻るばかりだ。

「意地になっているのかもしれんがな、そうとは言えないのだ」

源太郎は自分の勘というものを信じたいというか、賭けたい。

「わかりましたよ。源太郎さんの勘を信じますよ。ということは、お民の行方を追わなければなりませんね」

京次が言った。

「そういうことだ。頼むぞ。いや、おれだって、追いかけるさ」

源太郎は決意も新たにそう言った。

「なるほど、美濃吉が惚れ込んだだけあって、いい女ですよ。探し出せないことはねえでしょう」

「そうだな。幽霊でもあるまいし、江戸の町の中で暮らしているだろうさ」

源太郎はそれを励みにお民を探すことを決意した。


その頃、矢作は必死の形相で新川近辺を聞き込んでいた。ただでさえ暑苦しい男が、炎天下、汗を滴《したた》らせて動き回る姿は、誰もが関わりをもちたくはない。しかし、矢作の方はお構いなし、相手の気持ちや都合を斟酌《しんしゃく》などすることなく、動き回った。

その結果、盗人が酒問屋に押し入ったのは、夜九つ（午前零時）頃だということはわかった。その晩は雨風が強く、酒問屋の周りを出歩く者は皆無だった。そこにつけ入っての凶行であった。

一家、奉公人合わせて十二人が殺された。果たして、何人の犯行であったのだろう。血飛沫の寛次は侍崩れ、剣の腕は相当なものだった。

房州の安次郎の賭場においても、寛次は匕首を振るって、抵抗してきた。もし、匕首ではなく、長脇差《ながどす》であったのなら、果たして、自分は捕縛できたのか、自信はない。

しかし、一人の凶行ではあるまい。何人か子分たちがいるはずだ。金を運び出さねばならないし、一人も逃がさないということであれば、いくら凄腕といっても一人では無理だ。

「寛次め」

呟いてから、下手人が血飛沫の寛次であると思い込んでいる自分に気付いた。

「幽霊を追いかけるのか」

矢作は自嘲気味な笑みをこぼした。

五

源之助も手がかりが得られないまま炎暑を駈けずり回っている。得られた手がかりは、美濃吉という小悪党だ。火盗改の密偵をしていたということだが、一体、どうした働きをしていたのか。源太郎は美濃吉の死を殺しと踏んで追いかけているようだ。美濃吉の亡骸が見つかるように誘導したという女、その女が美濃吉を殺したのかどうかはわからないが、死に関わっていることは間違いなかろう。京次から貰った人相書きによると、なるほど艶《つや》っぽいいい女だ。

とりあえず、房州の安次郎を訪ねることにした。

「またですかい」

安次郎はうんざり顔で言った。

「昨日も北町の旦那がいらっしゃったんで、美濃吉のことは知ってることなら洗いざらい話したんですよ」

「それは手数だが、わたしにも聞かせて欲しいのだ」

源之助は言った。

「まあ、旦那ですからね、あっしも、町人として、八丁堀の旦那の手助けになることなら、進んでお話し申し上げますよ」

安次郎が言葉とは裏腹にいかにも不満そうなのは、言ったそばからあくびを漏らしたことで明らかだ。

「美濃吉という男、何か不審な動きは見せなかったか」

「昨日、いらした旦那にも申し上げたんですがね、賭場に出入りしている商人相手に強請ってやがったってこと」

「強請りの金額が上がっていったのだな」

「へい」

「金額が上がったのは惚れた女ができたのだとか」

「なんだ、ちゃんとご存じじゃございませんか」

安次郎はそれなら、わざわざ、ここへ来ることはなかろうと言いたいようだ。

「その商人の一人を教えてくれ」

「いや、それは……」

安次郎は客には迷惑はかけられないと言った。

「摘発する気はない。迷惑はかけぬ。商人にも迷惑はかけぬし、むろん、罪に問うこともない」

源之助は強く主張した。安次郎は困ったような顔をしていた。

「信用してくれ」

源之助は懇願《こんがん》した。低姿勢を取ったのだが、いかつい顔のため、それが際立ち、安次郎は気圧《けお》されたように、

「それが、これは、関係ねえとは思うんですがね、お一人はこの前の井筒屋さんなんですよ」

「井筒屋とは新川の酒問屋か」

「ええ、むげえ押し込みに遭《あ》ったってことで。世の中じゃ、血飛沫の寛次の幽霊じゃねえかって、そんな声もあるそうですね」

安次郎は怖気をふるった。

「井筒屋、この賭場に出入りしておったのか」

「そうなんですよ」

「で、美濃吉に脅されていたのだな」

「十両ばかりだったそうですがね」

安次郎は言った。

「血飛沫の寛次はおまえの賭場で捕縛されたということだが、賭場には出入りしておったのか」

「いいえ、あの日が初めてでしたよ。血飛沫の寛次だってわかっていれば、出入りさせませんでしたよ」

これは本当のことだと安次郎は強調した。

「わかった、わかった」

源之助は受け入れてから、

「それで、他には」

「この近くの小間物屋陸奥屋《むつや》のご主人伝兵衛《でんべえ》さんですよ」

「伝兵衛はいくらくらい脅し取られたのだ」

「十五両だそうですよ」

「よし、わかった」

源之助は腰を上げた。

「旦那、くれぐれもお願いしますよ。旦那衆に迷惑をかけねえってのが、あっしの仁義ってもんですからね」

安次郎はくどいくらいに強調した。

「わかった」

くどい、と怒鳴りつけたくなるのをぐっと堪えて船宿を出た。


小間物屋陸奥屋はすぐにわかった。

船宿を出て半町ほど歩いた往来に面して間口十間《けん》ほどの店構えである。屋根瓦《やねがわら》は日差しを弾き、屋根看板を見ると、元禄《げんろく》三年（一六九〇）創業、とある。百三十年近い老舗の小間物屋だ。

店先で小僧に主人伝兵衛に会いたい旨を伝える。

程なくして出て来た伝兵衛は中年のいかにも生《き》まじめそうな男であった。源之助が素性を告げると首をすくめ、何用でございましょうといぶかしんだ。

「美濃吉のことだ」

小声で伝えると伝兵衛の目が泳いだ。明らかに動揺の色が見て取れる。

「この先に、蕎麦屋がございます。そこで、お待ちください」

そういえば、もう昼時である。

「わかった」

源之助は言うと、指定された蕎麦屋へ向かった。

蕎麦屋の暖簾を潜る。小上がりで盛り蕎麦を頼む。程なくして、伝兵衛がやって来た。伝兵衛は座す前に、盛り蕎麦を注文していた。

「お咎《とが》めでございますか」

伝兵衛は小声で言った。

「そうではない。わたしは、博打のことを聞きたくてやって来たのではない。先ほども申したように、美濃吉のことを聞きたいのだ」

「美濃吉……。首を吊ったと聞きましたが」

伝兵衛は探るような目を向けてきた。

「いかにも。そなたは美濃吉から脅されておったのだな」

「はい」

「いくらだ」

「十五両ばかりでございます」

安次郎の証言と一致した。まずは、信用してよさそうだ。

「美濃吉、強請るに当たって、何か理由を申しておらなかったのか」

「さて」

「急に金額を上げたのだろう」

「そうなんですが、どうしてかなんて訊きませんし、美濃吉も何も言わなかったですしね」

「ところで、新川の井筒屋、見知っておったのか」

すると、伝兵衛の顔が陰鬱《いんうつ》になった。

「本当に、お気の毒なことになりましたな」

伝兵衛は言った。

「親しかったのか」

「親しいまではいきませんでしたが、言葉を交わす仲でしたよ」

伝兵衛が言ったところで、蕎麦が運ばれて来た。二人は話を中断し、蕎麦を食べ始めた。黙々と、蕎麦を手繰《たぐ》る。食べる前は食欲が湧かなかったのだが、食べると蕎麦の冷たい食感に食欲を掻き立てられ、結局四枚食べてしまった。それに対し、伝兵衛は一枚も持て余した。自分の食欲が恥ずかしくなってしまった。

食べ終えたところで伝兵衛が、

「美濃吉、妙な男でしたよ」

ぽつりと言った。

「どういうことだ」

「美濃吉は小悪党だったんですがね、なんか、時折、怖い目をするというか、人の腹の内を見透かしているというか」

「その辺のところ、詳しく話してくれ」

源之助の胸が騒いだ。

「なんと申しましょうか、色んなことを聞きたがりましたよ。こっちは、勝負で熱くなっているっていうのに、美濃吉はいつも落ち着いているんです。勝っても負けても、かっとなったり、喜んだりしないで、で、あたしゃ賭場に出入りしている者の傍に行って、酒を一杯奢《おご》ってくれなんて、たかっていたんですよ」

やはり、密偵の動きをしていたのだ。

「それで、あたしも、勝って気分のいい時なんか、ついつい酒を奢ってやったんですよ。その見極めがうまかったですよ、美濃吉って男は」

「それが、急に高額の金額を強請ったということは、おかしいとは思わなかったのか」

「思いましたよ。ですがね、面倒なことになっても、といいますか、商いに影響したらいけませんからね。小間物屋の主人が、賭場に出入りなんて。それに、十五両をくれと言ってきた時の美濃吉の目がなんとも怖かったんです」

伝兵衛は怖気をふるった。

「怖かったとは……」

「まるで、別人のような。有無を言わせない態度でした」

それで、伝兵衛は承諾したのだという。

「その時、美濃吉という男の素顔を見たというか、本当の美濃吉を見た思いがしたのです」

火盗改の密偵という凄みなのだろうか。それにしても、密偵が強請りを働くとは。

火盗改も大したことはない。

密偵が金を欲した。やはり、女なのだろうか。

「すまなかったな」

「くれぐれもこのことはご内聞《ないぶん》に」

伝兵衛は頭を下げ、蕎麦代を払うと言ったが、源之助は意地で自分の代金を支払った。

第三章　往生堀《おうじょうぼり》

一

矢作は房州の安次郎の賭場で寛次を捕縛した際に手伝わせた浅草誓願寺裏に住む、こそ泥余吉に会いに行った。

ところが、余吉の姿はない。

長屋の女房連中に所在を訊いてみたが、知らないということだった。

すると、

「きゃあ！」

凄まじい叫び声が聞こえた。

路上に飛び出すと、ごみ溜めの方で騒ぎが起きている。女房たちが悲鳴を上げ、右往左往していた。

「どうした」

矢作が駆けつけた。なりを見て八丁堀同心と察したのだろう。

「あ、あそこ……」

女房の一人がごみ溜めを指差した。

指差す方を見ると、余吉がごみの中で倒れている。着物の襟《えり》がはだけ、胸には匕首が突き立っていた。心臓を一突きにされ、声を上げる間もなく、あの世へと旅立ったと想像できた。

矢作はごみ溜めの中から余吉の亡骸を両手で抱き起こす。塵《ちり》が散乱し、悪臭を放ったが、息を殺して肩に担ぎ、余吉の家へ向かう。女房連中は道を空け、遠巻きになった。顔をそむけているが、中には怖いもの見たさで目だけでこちらを見ている者もいた。

腰高障子を開け、ひとまず小上がりの板敷きに亡骸を寝かせた。

事情を訊こう。

家主や女房連中に聞き込みを行う。数人の住人から思いもかけない、証言が飛び出した。

「女が余吉さんの家に入って行きましたよ」

女房の証言によると、初めて見る顔の女ということだった。

「どんな女だ」

「それが……」

女房は夜のことで、よくは顔を見なかったが、すらりとしたいい女だったという。余吉にはなんとも不釣合いな女であったとか。それゆえ、その女のことは深く記憶に刻まれたようだ。

「余吉、普段には女の出入りはあったのか」

矢作の問いかけに、女房たちは揃って首を横に振った。嘘ではなかろう。いかにも女には縁がなさそうである。

「その女が下手人と見て間違いねえかな」

矢作は独り言のように呟いた。

余吉が殺されたとなると、どうしても血飛沫の寛次との関係を考えてしまう。ひょっとして、これも寛次の仕業なのであろうか。

やはり、寛次の幽霊が跋扈《ばっこ》しているのか。矢作の手助けをした余吉のことを恨み、女を使って殺したのか。事態は予想以上の深刻さを物語っている。

矢作は近所への聞き込みを行うべく、長屋を出た。

源太郎と京次の探索も行き詰まっていた。お民の行方がようとしてつかめないのである。途方に暮れながら、本所界隈、大横川に沿って深川へ向かっている。人相書きを示しながら、道行く者や軒を連ねる商家で聞き込みを続けているうちに、お民のことを見知っている者に行き当たった。

「こりゃ、茂助の女房ですよ」

と、本所一帯を売り歩いている団扇《うちわ》売りだった。

「そうか」

京次が喜び勇んだのも束《つか》の間《ま》のことで、

「法恩寺橋の袂で茶店をやっている男の女房だったんですがね、あいにく、二月《ふたつき》ほど前に死んだんですよ」

「ええ……」

京次は絶句した。

「なら、別人だな」

源太郎はがっくりとうなだれた。どっと疲れが押し寄せ、汗が滴り落ちた。源太郎と京次の落胆ぶりを他所《よそ》に団扇売りは話を続けた。

「ところがですね、茂助さん、お末さんを、ああ、お末さんってのが、茂助さんの女房なんですがね、茂助さん、お末さんの幽霊を見たって、それはもう、毎晩のように大横川を行ったり来たり歩いているんですよ」

「女房の幽霊を求めてか」

京次は源太郎と顔を見合わせた。

ともかく、茂助の話を聞くことにした。


源太郎と京次は茂助の茶店へとやって来た。茂助はいかにも冴えない男であった。

「ちょっと、話を聞かせてくれ」

「へえ」

茂助は間《ま》の抜けた声で返事をした。

「おまえ、この女に見覚えはないか」

源太郎はお民の人相書きを見せた。茂助はそれを両手で持ち、しげしげと眺める。うつろな目が光を帯びたかと思うと、全身をぶるぶると震わせた。

「お末……。お末ですよ」

すがるような目で源太郎と京次を見て、

「お末が見つかったのですか」

興奮で言葉を嚙みながら京次の腕を摑《つか》んだ。

「い、痛えよ」

京次は落ち着けと宥《なだ》めたが、それで茂助の動揺が収まることはなく、

「お末、見つかったんですよね」

と、訴えかけてきた。

「おまえの女房で間違いないな」

京次は落ち着かせるが、茂助は必死である。

「間違いございません。お末ですよ。お末に間違いございません」

「お末は二月前に死んだのだろう」

源太郎が訊くと、

「そうなんですがね、それが、見かけたんです」

「それじゃあ、幽霊ってことじゃねえか」

京次が突っ込む。

「でも、考えてみれば、大横川に浮かんでいた亡骸、背格好や着物はお末そっくりで

したが、あん時は動転しててろくに顔も見なかった。顔は水ぶくれして、川底にぶつけたのか、傷だらけだったんです。ですから、あれが本当にお末だったかなって……。いいえ、たとえ、幽霊でもなんでもいいですよ。お末を何処で見つけなすったんですか」

「新川の薄闇稲荷で目撃された」

「どうして、そんなところに……」

「わからん。お末という名ではなく、お民という女だった」

「お民……」

茂助は心当たりがないようだ。

「よく、思い出してくれ。ひょっとして、お末には双子の姉妹がいたのじゃないか」

源太郎の問いかけに茂助は首を捻った。

「どうだよ」

京次が問いを重ねる。

「それが……。正直申しますと、あたしは、お末のことを何一つ、知らなかったんです」

茂助はうなだれた。

「どういうことだ」

源太郎が問いかけると茂助は二度、三度、首を横に振ってから、

「ある日、そう、五ヶ月ばかり前の嵐の晩のことでしたよ」

お末は雨に追い立てられるようにして店にやって来たという。

「それはもう、ひどい有様でした。雨に濡れそぼっていたのは当たり前としましても、ひどい病で」

お末は店に入るやばったりと倒れてしまったのだという。

「それで、とにもかくにも、寝かしつけました」

茂助はお末を二階に寝かせ、看病をしたという。それから、

「身体の具合がよくなると、自分は何か働きたい」

と、申し出があったのだそうだ。

「あたしは受け入れました」

「素性を確かめねえでかい」

京次に責められ、

「すみません」

茂助はぺこりと頭を下げた。

「今更、謝らなくてもよい。それよりも、どうしてお末の素性を確かめなかったのだ」

源太郎は優しく尋ねた。

「あたしもさすがに気になりまして、お末に尋ねはしたのです」

「お末は答えなかったのかい」

京次が問いを重ねた。

「覚えていないってことでした」

「なんだって」

「自分が何処に住んでいて、誰で、どんな親で、身内が誰でって、まったく思い出せない。そんなことを涙ながらに語りました」

「じゃあ、お末って名前は……」

京次が尋ねると、

「名前がないのでは不便ですから、あたしがつけました。でも、あたしは、そんなことはどうでもよかったんです。あたしには、お末は天から舞い降りてきた女……、そう、天女のように思えたんですよ」

茂助の言うことは、決して大袈裟《おおげさ》な思いではなかっただろう。茂助にすれば、お末はまさしく天女に見えたに違いない。

「すみません」

茂助は両手をついた。

「まあ、手を上げろ」

源太郎が促す。

「ところで、お末、おまえの女房になってから、何か不審なことはなかったか」

「さて……」

茂助は首を捻るばかりだ。

「なんでもいい、些細《ささい》なことでもかまわぬから思い出してくれ」

「それが……」

茂助は必死で思い出そうとあがいた。まるで、思い出せばお末に会えるかもしれないという切なる願いのようだ。それを見ていると源太郎の胸も辛くなる。

「う〜ん」

茂助の顔がどす黒く膨れた。

二

「今にして思えばということなんですがね、お末は時々、何かを恐れていたといいますか。夜中、夢にうなされたりしていましたね」

茂助は、お末の記憶が戻ることを内心では、恐れていたという。

「このままでいいって。あたしの女房のままでいいって。というか、本来の自分を思い出してしまったら、あたしのもとを去って行くんじゃないかって、そんな気がしましてね」

茂助は自分を責める日が続いたのだという。

「でも、いつか、あたしのもとを去って行く日がくる。きっと、そうなるって、そんな気もしていたんです」

茂助はお末が自分の記憶を取り戻した途端に、自分のもとを立ち去ることを予想していたようだ。すると、お末がここを飛び出し行方知れずとなったのは、自分の過去を思い出したからなのか。

「他に何かないか」

「思い出といいますか、形見となってしまったんですがね」

茂助は店の奥からごそごそと何かを取り出して来た。鼈甲《べっこう》の櫛《くし》と紙である。紙はおみくじだった。

「大吉《だいきち》か」

京次が広げると、大吉のおみくじである。

「嵐の晩、お末はこれを帯の中に入れて、大事に持っていたんですよ」

「きっと、大吉ってことで、縁起がいいと思ったんでしょうね。大吉のくじを引いてそれから、ここへ来たってわけだ」

京次は言う。

源太郎は大吉のくじをしげしげと眺めた。すると、京次が、

「これ……」

「どうした」

「これ、往生弁天のおみくじですぜ」

「往生弁天」

源太郎が小首を傾げると、

「ええ、往生堀の弁天さんですよ。そのおみくじです」

大吉と書かれた上に、亀が描かれそこに弁天が乗っている、ちょっと変わった模様である。

「ここの門前町ってのは、ご他聞に洩れず、岡場所でしてね、ご存じでしょう。今や、悪評ふんぷんって所です」

京次が言った。

「ああ、聞いたことがある」

源太郎も往生堀のことは耳にしている。岡場所、賭場はあるのだが、それがなにしろ、食い詰め者ややくざ者、浪人などが集まり、無法地帯のようになっているそうだ。

「ひょっとして、お末は、往生堀の岡場所にいたんじゃ」

京次が言うと、

「まさか、そんな」

茂助は顔を歪めた。

「往生堀から足抜けをして来たのかもしれませんぜ」

京次の言葉に源太郎はうなずく。いかにもありそうである。

「往生堀の女郎だったっておっしゃるんですか」

茂助は天を仰いで絶句した。それから、

「あたし、行ってみます」

「往生堀にかい」

京次はやめておけと言った。

「行かないことには気がすみません」

「任せておけ」

源太郎が言う。

「では、お末を探してくださるんですか」

「当たってみる」

源太郎は請け負った。さすがに、お末がお民という女で、殺しの疑いがあることは言えなかった。

「お願いでございます。わたしの見間違いかもしれませんが、あれはお末だったのです。幽霊なんかじゃございません。きっと、お末は生きているんです。大横川で浮かんだ仏さんはお末ではなかったに違いありません。たとえ、そうでなかったとしても、はっきりとさせていただきたいのです」

茂助は一生のお願いですと土間に両手をついた。

源太郎と京次は茂助の思いをしっかりと受け止め、茶店を後にした。

「行ってみますか」

京次が言うと、

「むろんだ」

「ですが、人が立ち入るようなところじゃござんせんぜ」

「江戸の町人地である以上、どこへなと行く」

源太郎は胸を叩いて見せた。


往生堀へとやって来た。

木場から東へおおよそ一町半、三十間川の北に沿って広がる岡場所だ。川と堀に囲まれ、周囲は田圃《たんぼ》が広がっている。すえたような悪臭が漂い、堀端に菰《こも》掛けの店やら板葺《いたぶ》き屋根の店が建ち並んでいるが、見るからに人相の悪そうな連中ばかりだ。喧嘩を売るように、源太郎と京次をねめつけてきた。京次が睨み返し、奥へと進んで行く。うだるような暑さの中、人でごった返している。

店の一軒を覗くと大きな鍋があり、何が具だかわからない物が煮込まれている。横には、焼き物があった。土間の隅に犬やら猫やらの首が転がっている。更には、臓物《ぞうもつ》が悪臭を放っていた。

源太郎は目をそむけたものの、えずいてしまった。

「人の食い物じゃねえや」

京次は舌打ちをした。

源太郎は返事をする気も起きなかった。二人はとりあえず、往生堀の中心である、往生弁天へと向かった。

朱塗りの鳥居と弁天堂が見えてきた。

すさんだ町並みに不似合いなほどに立派な建物であるが、くすんだ町並に、弁天堂の朱色が浮いている。悪評ふんぷんの往生堀だが、建物の立派さゆえか、ご利益があるのか、参拝客はいるもので、数人の男女が賽銭箱《さいせんばこ》の前で手を合わせていた。

いや。

賽銭箱から賽銭を盗もうとしていたのだ。

「おい、罰《ばち》が当たるぜ」

京次が十手をちらつかせても、薄笑いを浮かべるばかりで、反省するどころではない。参ってもご利益があるとは思えないが、一応は挨拶代わりに手を合わせる。賽銭を投げたところで、無駄になりそうな気がしたが投げずにもいかないと、一文銭を投げ入れる。京次も躊躇《ためら》う風であったが、同じく一文銭を投げた。

おみくじを引いてみた。源太郎は中吉、京次は吉だった。なるほど、おみくじに描かれた絵柄はお末が持っていたのと同じ亀の上に乗った弁天さまだ。

お末が往生弁天にやって来たことは確かだ。

女一人でこんな所を訪ねて来るとは思えない。きっと、この往生堀に住んでいたのだろう。とすれば、やはり女郎かもしれない。

京次が言い、

「なら、岡場所ですね」

岡場所を当たることにした。

「よし」

源太郎も応じ、二人は岡場所に向かった。

格子越しに女郎たちが座っている。なんとも、けだるい雰囲気だ。その前をやくざ者がうろうろしていた。

「なんですよ、遊ばねえんだったらさっさと行ってくだせえよ」

話もしないうちから喧嘩腰である。京次が、お民の人相書きを示し、

「この女、見たことねえかい」

と、声をかける。

「ねえな」

やくざ者は見もしないで答えた。

「よく見ろよ」

京次が再び尋ねるが、やくざ者はあくびをして相手になろうともしない。いかにも舐めている。源太郎はやくざ者の耳を摑んで人相書きに顔を向けさせた。

「見ろ！」

やくざ者は渋々、人相書きに視線を落とした。どうせ、ろくに見もしないで知らないと答えるだろうと思っていると、

「あっ」

と、小さく驚きの声を上げ、しかし直後には激しく首を横に振って、

「知りません」

声高らかに否定した。

いかにも何かありそうだ。京次も同様に感じたとみえ、

「おい、何か知っているんじゃねえか」

「知りませんよ。本当に知りませんや」

やくざ者はまるで知らないと繰り返すばかりだ。

「ならば、おまえ以外に尋ねる。他の者を出せ」

源太郎が言う。

「旦那、これから商売なんですよ。勘弁してくだせぇや」

やくざ者は逃げるように立ち去った。

「なんでえ」

京次は吐き捨てた。あの男は、明らかにお民のことに心当たりがあるようだ。

それからも聞き込みを続けたが、みな、やくざ者同様、お民のことを知っている素振りであったが、誰もが知らないと否定するばかりだ。

「妙ですね」

京次は苦々しげだ。

「まるで、往生堀全体でお民のことを隠しているようだ」

「何者なんでしょう。みんな揃って口を閉ざすっていうのは、尋常じゃござんせんぜ」

「単なる女郎や下女なら、往生堀の者たちが揃って隠し立てをすることはあるまい」

お民、あるいはひょっとしてお末は、往生堀では一目《いちもく》置かれる存在なのかもしれない。

「つくづく、気味の悪い町ですぜ」

「何かありそうだな」

源太郎は朱色に輝く弁天堂を見上げた。

三

夕刻となり、源太郎は八丁堀の自宅へ帰って来た。なんとか、手がかりは摑めたもののの、その先が袋小路だった。往生堀、何かありそうである。

そう思いながら、自宅に帰ると出迎えた美津が、

「来客ですよ」

「来客……」

「茂助さんとおっしゃいましたよ」

茶店の茂助だ。そうか、お末のことが気になって押しかけてきたのだ。むげに追い返すわけにもいかない。源太郎は奥へと向かった。

居間の廊下に茂助は出て来た。

「お役人さま、お末は……、お末は」

歯が嚙み合っていない。

「まあ、待て」

源太郎は落ち着かせようとしたが、茂助はお末のことが気になって仕方がないようだ。

「お末は……」

「それがな」

「お末のこと、何かわかったのですか」

「いや」

源太郎は首を横に振る。

「わからないんですか。往生堀っていうのは見当外れだったんですか」

茂助の口調は批難《ひなん》めいたものへと変わった。

「いや、お末が往生堀にいたことは間違いない」

「じゃあ、女郎だったんですか」

「それはわからない」

「わからないって……。それを調べに行かれたんじゃないんですか」

茂助の口が尖《とが》った。

「行ったが、摑めていないんだ」

「どうなっているんですよ」

茂助は大きく顔を歪ませた。

「とにかく、引き続き調べるから、わかったら必ず報せる。それまでは、待ってお
れ」

源太郎は茂助の肩をぽんぽんと叩いた。

茂助はしょぼくれていたが、

「お邪魔しました」

と言って、出て行った。ぬっと立ち上がって出て行くさまは、まるで幽霊のようだ
った。

美津が見送ってから、

「ひどく、思いつめていましたよ」

「無理もないさ」

源太郎はそれきり口をつぐんだ。

その晩、茂助は源太郎の屋敷を出ると、なんとももやもやとした気分から逃れることはできなかった。

往生堀、そんな所にお末はいたのか。八丁堀同心が入っても手がかりが摑めなかったのは、きっと、警戒されたからだ。亭主であったおれになら、お末は会ってくれるはずだ。

お末は自分を思い出したのだ。そうに違いない。自分が往生堀で女郎をしていたことを思い出し、きっと、そのことを恥じたのに違いない。夫であるおれに合わせる顔がないと自分を責めたのではないか。

「かまわないさ」

たとえ、お末が女郎であろうと、盗人であろうと、おれには関係ない。

「お末、待ってろ」

お末はおれを待っているのだ。おれが迎えに来ることを待っているに違いない。役人などあてにできないし、もう、頼る気はない。お末はおれの女房だ。おれの女房であるからには、おれが取り戻す。自分しかあてにしてはならないのだ。

茂助はお末への情念に突き動かされるようにして、往生堀へと足を向けた。

往生堀へとやって来た。

煌々《こうこう》と照る小望月《こもちづき》が町の様子を浮かび上がらせている。通る男たちは怪しげで、誰もがすさんだ様子である。こんなところにお末をいさせてはならない。

茂助は岡場所の一軒、一軒を訪ねた。格子の前に着くと、女郎たちが手を伸ばしてくる。けだるい雰囲気の女ばかりだ。

「やめろ」

茂助は抗《あらが》った。

すると、

「なんだ、てめえ」

やくざ者がねめつけてきた。

「お末を知らないか」

いきなり問いかけた。唐突《とうとつ》な問いかけにやくざ者が戸惑っている。

「お末だ」

茂助はお末の容貌を伝えた。

「そんな女ここにはいねえよ。帰りな」

「そんなはずはない。きっといる」

茂助は必死で訴えかけた。やくざ者はいないと否定し、押し問答が繰り返されたが、しつこく食い下がる茂助にやくざ者は怒りを爆発させた。

「帰れってんだ」

「頼む、お末を」

叫ぶがそれは虚しい響きでしかない。周囲を行く者は誰も注意を向けない。往生堀では日常の風景なのだろう。

「命が惜しけりゃ、さっさと行きな」

やくざ者がどすの利いた声で脅しをかけてきた。

「お末に会わせてくれ」

「てめえ、気が狂ったか」

「あたしは気は確かだ。往生堀にお末がいるのは間違いないんだ」

「そんな、名前の女郎なんぞいねえぜ」

「名前は違うかもしれない」

「なら、探しようがねえぜ。どうせ、どっかの岡場所から流れてきやがったんだろう。まあ、諦めるんだな」

やくざ者は鼻で笑った。

「滅法《めっぽう》、いい女なんだ」

「そら、惚れた女はいい女に見えるだろうぜ」

やくざ者はせせら笑う。

「それだけじゃない。八丁堀の旦那もここにいることは間違いないっておっしゃったんだ」

「八丁堀の役人が……」

「そうだ。今日、ここを訪れてお末がここにいることは間違いないっておっしゃったんだ」

「昼間来た八丁堀同心か……」

やくざ者の目が光った。

「やはり、お末はいるんだな」

「てめえ、余計なことに首を突っ込んだな」

やくざ者は懐に呑んでいた匕首を抜いた。刃が月光を弾き不気味な煌きを放った。

茂助は一瞬にして恐怖に襲われる。

「な、何を……」

茂助は踵《きびす》を返し、駆け出した。人ごみをかき分け、逃げる。お末に会うまでは死ねない。死ぬわけにはいかない。やくざ者は仲間を募って追いかけてくる。茂助は必死だ。

「退いてくれ、殺される。誰か、助けてくれ！」

必死の思いで夜空に届かんばかりに声を嗄《か》らすが、誰も助けてはくれないし、そんな騒ぎが起きてなどいないかのようだ。それでも、必死で走り、往生弁天の鳥居を潜った。

すると、弁天堂の前に女が立っている。女はゆっくりと振り返った。

「お末……」

茂助はときめいた。

女は無表情で見返す。

「お末、おれだよ。茂助だ」

茂助は笑顔を向ける。しかし、女は茂助など眼中にないかのごとく口を閉ざしたままだ。

「お末、あたしはね、おまえの過去なんか気にしていないよ。どうか、戻って来ておくれな」

茂助は懇願する。

しかし、女は艶然《えんぜん》とした笑みを浮かべるものの、返事をしようとしない。茂助は懐中から、鼈甲の櫛を取り出した。それを女に向かって示す。

「覚えているだろう。おまえが、持っていた櫛だよ」

女はそれでも黙っている。

「お末」

茂助は女の方に近づいた。

その時、

「てめえ、いい加減にしな」

やくざ者が仲間と一緒に駆け込んで来た。茂助はそれでも女を見たまま、

「お末、あたしだよ」

と、すがるような視線で訴えかける。

「姉《あね》さん、どうします」

やくざ者が尋ねる。

「片づけな」

女は冷笑を茂助に投げかけた。

「お末、あたしだったら、お願いだよ、思い出しておくれな。一緒に、茶店を営んだ茂助だったら。嵐の晩のこと、思い出しておくれったら、ねえ、お末、あたしのことが嫌いになったら帰らなくてもいい。でも、一度だけ、おまいさんと言っておくれ」

涙目で訴える茂助に、

「うざいね」

そう一言、言い残してくるりと女は背中を向けた。茂助は追いすがる。ところが、

「やっちまいな」

やくざ者の声が背後から聞こえたと思うと、背中といわず、腹といわず、胸といわず、激痛が貫いた。

「ああっ」

叫び声を上げ、ばったりと地べたに転がった。それでも、腹ばいになりながらミノムシのようになって前のめりに進む。右手にはしっかりと鼈甲の櫛を握りしめていた。夜だというのに、蝉の鳴き声がかまびすしい。今年はつくづく酷暑だ。

女の顔が涙に霞《かす》む。

「お末」

最早、言葉にはならない。目の前が暗くなってゆく。

「三十間川に放り込んでおけ」

やくざ者の声が響いた。

それきり、意識がぷっつりと途絶えた。

四

明くる十五日の朝、源太郎と京次は茂助の亡骸を検《あらた》めた。

三十間川に打ち上がったのである。茂助の亡骸は、

「むげえ」

と、京次が言ったように、無数の刺し傷、切り傷が残り、見るも無残な様相を呈していた。源太郎は呆然と見下ろし、しばし、言葉を失った。

「往生堀の奴らの仕業ですぜ」

京次は言った。

源太郎は答えを返さない。いや、異があるわけではなく、自分の無力さ、至らなさを思ってのことである。そんな源太郎に、

「茂助は女房恋しさに往生堀へ行ったに違いありませんや」

「実はな……」

源太郎は昨晩、茂助が自宅を訪ねて来たことを話した。

「思い余ってのことだったんでしょうがね」

京次は源太郎に自分を責めるもんじゃないと言いたいようだ。しかし、昨晩の茂助の思いつめたような顔が脳裏にちらつき、自分の無力さ加減と申し訳なさに胸が締め付けられた。

「往生堀か」

源太郎は悔しげに呟く。

京次は茂助の右手に握りしめられている鼈甲の櫛を取り出した。

「お末が持っていた櫛ですぜ」

「そうだな」

源太郎は櫛を見ることが辛くて仕方がなかった。京次から櫛を受け取り、それを再び茂助の両手に握らせた。

「あの世で、お末に会えるといいな」

源太郎は両手を合わせた。

「成仏してくれ。仇《かたき》は必ず取ってやるからな」

京次が言い添える。

「行くぞ」

源太郎は眦《まなじり》を決した。京次も強い意志の下、源太郎に付き従う。

二人は往生堀にやって来た。

炎天下にひしめく人々をかき分けて、二人は進む。岡場所にやって来ると、昨日のやくざ者がいた。京次が名前を訊く。寅五郎《とらごろう》だそうだ。

源太郎が、

「昨晩、茂助という男がやって来たはずだ」

「やって来たかもしれねえし、やって来なかったかもしれねえ」

まったく、人を食ったような物言いである。

「どっちだ！」

源太郎が鋭い声を浴びせる。

「あのね、うちは女郎を買いに来る者には事欠かないんですよ。一々、客のことを覚えてるわけねえでしょう」

「そうか」

やおら、源太郎は十手を抜いて、寅五郎の腹を突いた。虚をつかれた寅五郎の身体が、くの字に曲がった。

「ひでえぜ」

見上げる寅五郎の目が三角になっている。源太郎は寅五郎の懐に右手を差し入れると、匕首を探り当てた。すかさず、それを取り出す。匕首を鞘から抜いて、日輪にかざした。刃には血糊《ちのり》がべったりと付いていた。

「なんだ、これは」

「犬ころを殺したんでさあ」

寅五郎は平然と返した。

「犬だと」

源太郎は顔を歪ませる。

「旦那方もご覧になったでしょう。ここじゃ、飯屋や縄暖簾で犬や猫の肉を食わせるんですよ。ですからね、時折、野良犬を殺して店に持って行ってやるんでさあ」

京次が惚《とぼ》けやがってと怒鳴る。

「ちょっと、来てもらおうか。詳しい話は、番屋で聞く」

源太郎は有無を言わさず、寅五郎を引き立てた。

「きっと、後悔するぜ」

寅五郎はうそぶいた。

「てめえら、舐めてるんじゃねえぞ」

京次は十手で寅五郎の頭を叩いた。寅五郎はよろめきながらも口元を綻ばせて、従った。


木場の自身番に寅五郎をひきたてた。

「茂助を殺したな」

源太郎が訊く。

「知らねえな」

寅五郎は首を横に振る。

「原因はお末か」

構わず問いかけを続ける。寅五郎は黙り込んだ。

「茂助の亡骸に残されていた傷からして、一人の仕業ではあるまい。お前以外も加わったのだろう」

しかし寅五郎は、

「さっきから、言いがかりをつけやがって、身に覚えのねえことで、あれこれ訊かれても答えようがねえってんだ」

「てめえ」

京次が足蹴《あしげ》にした。寅五郎は土間を転がりながらも強気の姿勢を崩さない。

「こんなことして、後悔するぞ」

「おまえこそこのまま知らぬ存ぜぬ、で通ると思うのか。町奉行所を舐めていると、てめえこそ泣きを見るぜ」

源太郎は努《つと》めて冷静に対処しよう思った。怒りに任せての取り調べは避けねばならない。それにしても、寅五郎のこの余裕はなんだろう。あの往生堀、まるで無法地帯のような一帯は寅五郎たち住人にとっては安全な場所と思っているのか。自分たちは法の外にでもあると高を括っているのだろうか。

「あんまり、自分たちを過信するんじゃないぞ」

源太郎は諭《さと》すように言う。京次は目を尖らせている。怒りの形相が、皮肉なことに、京次の男前ぶりを際立たせていた。

「だから、おれも、往生堀の人間も殺しなんかとは関係ねえし、女の行方も知らねえ」

「惚けるな」

堪忍袋《かんにんぶくろ》の緒《お》が切れたように、京次が足蹴を加えた。寅五郎の身体がごろんと転がる。

「なら、言ってやろう。おれたち、往生堀の人間はな、人を殺すことをなんとも思っちゃいねえ者ばかりなんだ。女を探しにやって来たとんま野郎が誰かといさかいの末に、殺されようが、一々、知ったこっちゃねえや。そのなんとかって女も女郎していようが、盗人をやっていようが、知らねえ」

寅五郎は腹を抱えて笑った。

京次が更に蹴ろうとしたところで、源太郎は止めた。寅五郎は続けた。

「おれたちは、お上《かみ》や世間から見捨てられた者たちなんだ。あんたらが十手を掲げていくら脅しをかけてこようが、怖くもなんともねえぜ。悔しかったら、往生堀を潰してみな」

寅五郎は傲然《ごうぜん》と言い放った。

「よくも言いやがったな！」

京次はいきり立ったが、源太郎は全身が泡立った。

「潰してみるんだな」

寅五郎は再びうそぶく。

「よし、潰してやるぜ」

京次の言葉に、

「勢いだけで言うんじゃねえ。罔っ引風情《ふぜい》がよ。おめえにはわからねえんだよ。この世のからくりがな」

「からくりとはなんだ」

源太郎が訊く。

「自分で調べるこった」

寅五郎は大声を放って笑った。

腹を立てることを通り越して、薄気味悪くなった。それは京次も同様とみえ、口数、手数がみるみる減ってゆく。こうなったら我慢比べだ。じっと、寅五郎の前に坐してひたすらに口を閉ざす。

「いい加減にしてくれよ。これじゃあ、うだっちまうぜ」

口では弱音を吐きながら、寅五郎には一向に堪えた様子はない。いつまで待っても無駄だぞと言いたげだ。

寅五郎が黙秘を決め込んでから、時ばかりが過ぎてゆく。源太郎と京次はその場を離れ、

「こうなったら、拷問《ごうもん》にかけるしかありませんぜ」

源太郎はできれば手荒な真似はしたくない。寅五郎への同情などではなく、同心としての自分の技量が試されているのだ。拷問はあくまで非常手段である。できればやりたくない。それに、同心一人の裁量で実施できるものではなかった。

「面子《メンツ》にはこだわれませんぜ」

「うむ」

源太郎がうなったところで、

「御免」

くぐもった声がした。

「牧村《まきむら》さまですぜ」

京次が言ったように先輩同心牧村新之助《しんのすけ》がやって来た。

「牧村さん、どうしてここへ」

源太郎がいぶかしんでいると、

「寅五郎を解き放つ」

新之助は乾いた口調で答えた。

「そんな……」

源太郎も京次も啞然《あぜん》としてしまった。

五

「どうしてですよ」

抗議する源太郎の横で京次も納得できないとばかりに強い眼差しを向ける。新之助自身も渋々といった様子で、

「おれだって、わからん。ただ、上からの命令だ」

「上から……。緒方《おがた》殿ですか」

緒方とは筆頭同心緒方小五郎《こごろう》のことである。

「いや、違う。もっと、上だ」

「与力さまの誰かですか」

「武山《たけやま》さまだ」

「ということは……」

武山英五郎《えいごろう》は内与力、つまり奉行所の役人ではなく、町奉行個人の家来で、奉行と奉行所の役人との繋ぎ役である。武山から伝えられたということは奉行の意志で、寅五郎を放免しろということだ。

「御奉行が何故、寅五郎を」

「おれにもわからん。もちろん、武山さまに訳《わけ》を尋ねたさ。しかし、お答えはくださらなかった。ただ、放免せよの一点張りだ」

「寅五郎、きっと、茂助を殺していますよ。茂助だけじゃありませんや。叩けば、どんどん埃《ほこり》が出ますって」

京次も我慢ならないといった様子だ。

「どうしてなのでしょう。わたしには理解できない」

源太郎は嘆きながら、新之助の考えを確かめてみた。新之助は考えてから、

「どうも、寅五郎がどうのこうのということではないようだ。寅五郎のいる往生堀、あそこに深い訳があるのだろう」

「往生堀、あんな悪の巣窟《そうくつ》のような所が……」

「町方が迂闊《うかつ》に手をかけられないような……」

新之助の声音《こわね》が曇った。

「ですが、罪人を野放しにするとはどういうことですか」

源太郎は激してきた。

「わからんさ。何か、往生堀には、とんでもない秘密が隠されているのかもしれんな」

新之助は言いながら、唇を嚙んだ。源太郎は番屋に戻り、寅五郎の縄を解いた。

「どうしたんだい。小伝馬町《こでんまちょう》の牢屋敷へ送られるのかい」

寅五郎は皮肉たっぷりに問いかけてくる。

「解き放ちだ」

源太郎がぶっきらぼうに返すと、

「そうですかい。やっぱり、濡れ衣ってわけだったんですね」

寅五郎は口笛を吹いた。

「ふん、さっさと行け」

源太郎は言った。

「なんでえ、濡れ衣で捕まえておいて、詫び言の一つもねえのかい。本当に近頃の役人ときたら、礼儀もわきまえねえのかい」

寅五郎は余裕の顔で外へ出て行った。

「おのれ」

源太郎は拳《こぶし》を握り締めた。

「みすみす、罪人を野に放つようなもんじゃありませんかね」

京次が言った。

「おれだって納得できないさ」

新之助も首を横に振った。

「往生堀、なんだか、恐ろしくなってきましたよ」

京次は言った。


その頃、源之助は新辻橋の打物屋を訪ね、火盗改の隠密同心須藤平九郎と会っていた。

「密偵たちの後を追っているのだが、さっぱりだ」

「さすがの蔵間源之助もお手上げか」

須藤はからかうかのようだ。源之助がむっとすると、

「気を悪くするな。それより、往生堀を知っておるか」

と、言った。

「往生堀……。ああ、石島町裏手にある悪所だな。やたらと、がらの悪い連中ばかりが巣食っているという」

それがどうしたと目で訊いた。

「あそこには手を焼いている。盗人どもに、あそこに逃げ込まれては、正直、お手上げだ。どうかすると、火盗改の同心ですら、行方がわからなくなる」

「そんなにも恐ろしい所とはな」

源之助は鴨川屋の女房お杉の言葉を思い出した。鴨川屋は往生堀から一町と離れていない。いくら、新規での出店とはいえ、物騒な所に構えたものだ。

「密偵殺し、往生堀と関わりがあるのかもしれない」

「確か、魚売りの音吉は往生堀で暴れ馬に蹴られたのだったのでござったな」

「密偵ども、寛次探索の際、往生堀に潜入しているからな。寛次だけではなく、往生堀全体が火盗改の密偵を殺しにかかっているのかもしれない」

「なんだって」

源之助も驚きを禁じ得ない。

「どうも、そんな気がする」

須藤は低い声で言い添えた。

源之助はふと、

「血飛沫の寛次、往生堀に住んでいただけでなく、往生堀にとってなくてはならない男であったのではないか」

「いかにもその通り」

須藤ははっきりと答えた。

「どういうことだ」

「血飛沫の寛次は、往生堀の盗人どもを束ねておったのだ」

「じゃあ、寛次の手下というのは往生堀の連中か」

「そう考えて間違いなかろう」

須藤は確信しているようだ。

「往生堀か……。ならば、摘発すればよかろう」

「火盗改も迂闊には踏み込めぬ」

「町奉行所だって、同じだ」

源之助も安易にやるとは言えない。それくらいに難しいところである。

「蔵間源之助にも手が出せない所があるのか」

須藤の口が皮肉げに曲がった。

「当たり前だ」

源之助は舌打ちをした。悔やしいが現実のことだ。

「ところで、火盗改のお頭がお主に期待するのはそのことなのだ」

「つまり、往生堀をなんとかしろというのだな」

ようやくのことで、本音が見えてきた。それなら、初めからそのことを言えばいいのにと不満が鎌首をもたげる。それを察したのか須藤が、

「最初から往生堀のことを持ち出しては、お主に逃げられると思ったのだ」

「姑息《こそく》だな」

火盗改は自分の手を汚すことなく、往生堀を壊滅させたいのだ。確かにあそこに盗人に逃げ込まれては手出しができない。頭の痛い所だ。

「お主に火盗改が往生堀を壊滅させるための、ネタを摑んで欲しいのだ。もちろん、都合のいい話だとは思う。だから、それ相応の褒美を出そう」

「褒美などはいらぬ。それよりも、ここまで足を踏み込んだからにはもう後へは引けぬ、これは八丁堀同心としての意地だ」

「そうこなくては。それでこそ、蔵間源之助だ」

「世辞などはいらん」

「世辞などではない。本音を申しておる。わしなどは、腰が引けてしまった。とてもできぬことだと断った」

　須藤は自嘲気味な笑みを浮かべた。

「ともかく、やってみる」

　源之助は請け負った。今更、引き下がる気はない。

「頼む」

　須藤は神妙な態度になった。そのことが、一件の困難さを物語っていた。

「ところで、これはくれぐれも内密に願いたいのだが、血飛沫の寛次について、火盗改内で噂がある」

　須藤の思いつめたような顔は噂の深刻さと、単なる噂ではないことを想像させる。

　源之助が黙って話の続きを促すと、

「寛次、町方に引き渡され、お頭の屋敷に連れて行く途中、逃げられたという噂だ」

「なんだと」

　思わず驚きの声を上げてしまった。

「三浦次郎三郎という同心が小伝馬町の牢屋敷から寛次を受け取り、護送の任に当たったのだが、途中、寛次が小用に行きたいと言い出し、町屋の厠《かわや》を借りたところ、そのまま逃げられたという。もちろん、行方を追ったが、見失ってしまった」

「しかし、処刑されたのだろう」

「三浦は捕らえてあった別の盗人を寛次だとお頭に報告して、その場を凌いだ」

火盗改のお頭、大井川正蔵は就任して間もなく、疑いもしなかった。

「ところが、それ以来、密偵たちが次々に死んだ。寛次探索に関わった者たちばかりだ。お頭は不審を抱き、お主に探索を依頼した。密偵の死が殺しか、そして、寛次と関わりがあるのか確かめるためだ」

ここで、大井川から影御用を依頼された時、火盗改に信用できない者たちがいると言っていたのは、寛次に逃げられたことと、それを隠すためだったのだろう。

「往生堀に寛次が潜んでいるかもしれぬということか」

「そういうことだ。往生堀を調べ、往生堀の実態を探ってくれれば、はっきりすると思う。火盗改の失態をお主に補わせるとは虫がよ過ぎるが、お主に頼る他ない」

須藤は背筋を伸ばし、次いで両手をついた。

矢作が目撃したのは、本物の血飛沫の寛次だったのだ。

往生堀、死地となるかもしれぬが、絶対にこのままにはしておけないと、心に誓った。

第四章　死地への潜入

一

一方、矢作は必死の探索により、血飛沫の寛次の一味と思《おぼ》しき男の行方を摑んだ。その男は、往生堀へと入って行った。矢作は往生堀だろうと構わず足を踏み込んだが、手がかりは得られなかった。

ここで引いてなるものかという気持ちにもなるが、無理強《じ》いをしても得策ではないという気もする。それはいくら怖いもの知らずの矢作とても同じである。それくらいに往生堀というのは手に負えないのである。

「悔しいが、仕方あるまい」

矢作は歯軋《はぎし》りしながら三十間川端を歩いた。

源太郎と新之助は奉行所へ戻った。なんだかどっと疲れてしまった。どちらからともなく、内与力武山英五郎を訪ねることにした。

内与力の用部屋は奉行所の玄関を入ってすぐ右手にある。二人は玄関を入ると、内与力用部屋へと足を伸ばした。武山がすぐに出て来た。

「例の一件か」

武山は往生堀のことであろうと察していた。

「はい」

新之助が返事をする。

「ここでは、なんだ。後刻、何処かで話をしよう」

武山のいかめしい顔は、事態の重さを伝えていた。

「わかりました」

新之助は返事をすると、料理屋を指定しようとしたが逡巡《しゅんじゅん》している。内与力と話をするにふさわしい店など、思い浮かばないのだ。武山はそれを察したのか、

「八丁堀の縄暖簾でよいぞ」

「ですが、武山さまをお連れするには」

「かまわん。かえってそのほうがよい」

武山が気さくに応えてくれたのを幸い新之助は八丁堀の縄暖簾を指定した。

十五日の暮れ六つ（午後六時）、楓川《もみじがわ》に架かる越中橋《えっちゅうばし》の袂の縄暖簾で、源太郎と新之助は武山を迎えた。酒を注文し、肴を何にしようかと源太郎が迷ったところで、武山が遠慮せずなんでも頼めと言ってくれた。ふと、源之助から聞いた鱧を思い出したが、縄暖簾に置いてあるはずはない。

源太郎が逡巡していると新之助が素早く、

「谷中生姜《やなかしょうが》と泥鰌《どじょう》の丸煮、鯉《こい》の洗いを……。泥鰌には刻《きざ》み葱《ねぎ》をたっぷりと添えてくれ」

と、調理場に声を放ってから武山をちらっと見る。武山はかまわないというように軽くうなずいた。

酒を酌《く》み交《か》わし、谷中生姜と鯉の洗いが届いたところで武山が切り出した。

「そなたらは、さぞや悔しい思いをしたであろうな」

新之助は表情を変えないが、源太郎は思わず首肯してしまった。

「無理もない。あのような悪党をむざむざと解き放てとは、八丁堀同心として、許せることではあるまい。だがな、今のところは、ああするより他になかった。往生堀は今や悪党どもの巣窟。江戸中の悪党が巣食っておると言っても過言ではない」

武山に言われるまでもない。

「その往生堀を何故、放っておくのですか」

源太郎が問いかける。

「放っておいているわけではない」

「ですが、寅五郎を放免なさったではありませんか」

「機を見ておるのだ」

「いつまでですか」

「熟すまでだ」

いかにも曖昧《あいまい》で答えになっていない。

「寅五郎が言っていました。どうせ、自分は解き放たれる、後悔するぞ、と」

源太郎は寅五郎取り調べの様子を語った。

武山の顔が不愉快そうに歪んだ。

「往生堀には、一体、何があるのですか」

新之助が問いかける。

「ここだけの話に留めておいてもらいたいのだが」

武山の言葉に、源太郎も新之助も口を閉ざした。

「往生堀は往生弁天の領地だ。往生弁天は……」

武山は一旦、言葉を止めてから意を決したように、

「往生弁天は谷中にある持国寺《じこくじ》の末寺に当たる。持国寺の住職、道慶《どうけい》は大奥の信頼厚く、お松《まつ》の方さまが深く帰依《きえ》なさっておられ、多くの大奥女中が参拝に訪れる。往生堀は持国寺の飛び地なのだ」

お松の方は将軍徳川家斉《いえなり》の数多《あまた》いる側室の中でも特に寵愛《ちょうあい》されているそうだ。そのお松の方は、持国寺に参詣してから家斉のお手がついたことに感謝し、道慶への信頼を深めた。道慶はお松の方を通じて大奥と結びつき、持国寺の勢力を拡大している。

往生堀は三十間川と堀に囲まれた埋立地とあって、未開の地であった。そこに目をつけた道慶は勘定方に交渉して弁天堂を建立し、門前町を形成させた。

往生堀は町方、勘定方、寺社方の狭間《はざま》にあって誰も手が出せない土地となっていった。いつしか悪党たちが集《つど》うようになったということだ。

「道慶と言うのは、なかなかの策士でな、お松の方さまをたぶらかす一方、莫大な金《きん》

子《す》を大奥へばら撒いて、影響を強めておるのだ。その金子の拠《よ》り所《どころ》は往生堀ということだ」

つまり、往生堀で行われる、博打、売春の上がり、そして、盗賊たちを匿《かくま》う代償として、盗んだ金のうちの何割かを道慶へ上納させているのだという。

「なんという」

新之助もさすがにそれは許せないと憤る。幕閣は見て見ぬふりをしてきた。往生堀が、ここまで肥大化することは想像できなかったのだろうか。臭いものには蓋《ふた》、ということか。

「それで、今後、往生堀をどうするのですか」

新之助の問いかけに、

「そろそろ摘発せねばならんのだが……」

「何を躊躇《ためら》っておられるのですか」

新之助は強い憤りをぶつけた。

「躊躇っておるのではない。摘発の動きを悟られぬようにしておるのだ。道慶を処罰しようと、寺社奉行さまはお考えになっておられる。道慶に自分の身辺に危機が迫っているなど、悟られてはならない。であるから、あえて、寅五郎などという蜥蜴《とかげ》の尻《しっ》尾《ぽ》などは泳がせておく。今は、往生堀には町方は介入することはないと油断させねばならん」

「では、茂助の無念はどうなるのですか」

思わず源太郎は責め口調になった。

「やむを得ぬ」

武山はため息混じりに言葉を濁した。

「そんな……」

源太郎は新之助と顔を見合わせた。

「大魚を得るまで、雑魚《ざこ》には目を瞑るということでございますか」

新之助が聞く。

「時にそういうこともある」

武山は横を向いた。

「大魚《たいぎょ》である道慶はいつ捕縛されるのですか」

新之助が問いを重ねる。

「近々のうちだ」

武山の答えはやはり曖昧である。

「近々とはいつでございますか」

新之助が食らい付く。

「であるから、近々」

武山とても具体的な答えができないもどかしさを感じているのだろう。

源太郎は暗澹《あんたん》たる思いで一杯になった。

「わかっておる。そなたらの無念はな。だがな、今は暴発すべきではないのだ」

「暴発と申されますか」

源太郎は思わず声を荒らげた。新之助が戒《いまし》めるような目を向ける。しかし、それでも突っかからずにはいられない。

「暴発という言葉が悪いのなら、大事の前の小事といったところか」

「つまり、我ら町方の同心が扱う事件などは小事、瑣末《さまつ》なことに過ぎないということですか」

つい絡み口調になってしまった。

「そんなことは申しておらぬ」

武山は声を荒らげた。

「では、どういうことですか」

「だから……」

武山は言葉を詰まらせた。武山が自分と新之助の誘いに応じたのは、自分たちの動きを封じ込めるためだったのだ。勝手な動きはするな、という釘を刺すことにあったのだ。

つくづく、上の考えは体面にばかり囚《とら》われていて、やり切れないが、役所に勤めている以上、従うしかない。勝手に往生堀を摘発することはできないのだ。

「わかりました」

新之助が返事をした。

「よし、ならば、しかと申し付けたぞ」

武山は余分に銭を置いて腰を上げた。

酒は飲んだが、肴には一切箸をつけなかった。

泥鰌の丸煮が届いた。大量の刻み葱が盛られ、泥鰌が見えない。湯気が立ち上り、食欲を誘った。源太郎と新之助は武山への不満をぶつけるように丸煮を食べた。熱々の泥鰌をふうふう言いながら咀嚼《そしゃく》する。汗が噴き出す。二人とも羽織を脱ぎ、無言で食べ続けた。

食べ終わったところで、新之助は酒と肴を大量に注文した。それは、呑みきれない、食べきれないほどの量である。源太郎も好き勝手に頼む。

「馬鹿馬鹿しい」

源太郎は声を大きくした。新之助もそんな後輩を戒めることもなく、猪口を重ねる。

「本気で道慶を捕縛するんでしょうか」

「さてな」

「では、我らは馬鹿をみますよ」

「そういうことだ」

新之助は凄い勢いで酒を飲む。まるで、自棄酒《やけ》である。

「どんどん、飲め」

新之助の目は据《す》わっていた。

二

そこへ、

「おう」

と、入って来たのは矢作兵庫助である。

「なんだ、自棄酒か」

矢作は二人の前にどっかと座った。新之助が、

「ふん、そっちこそ、しけた顔をしているではないか」

「わかるか」

矢作は自分の顔を平手で張った。それからおれにも酒をと、大声で注文する。すぐに湯飲みと徳利が運ばれて来た。しばらくは飲んでいたが、

「どうしたんです。兄上にしては弱気な物言いではございませんか」

源太郎が尋ねる。

「弱気にはなっていないがな、少々、困ってはいたところだ」

「血飛沫の寛次の幽霊ですか」

「そういうことだ」

矢作は湯飲みに入った酒を一息に飲み干した。

「あの一件、下手人の見当はつかないのですか」

「肝心の寛次の足取りが摑めん。ま、幽霊だから足取りの摑めないのも無理ないと自分を慰めておるのだ。でもな、子分どもの足取りは摑んだぞ」

矢作の目が煌いた。

「というと……」

「往生堀だ」

矢作は湯飲みを口に当てたまま言った。

「往生堀」

源太郎が呟くと、新之助は喉を詰まらせた。

「どうした」

矢作がいぶかしんだところで、源太郎が、

「我らも往生堀の一件で今の今、頭を抱えておったのです」

「自棄酒の理由は往生堀だったということか」

矢作の言葉に新之助は苦笑を漏らした。

「往生堀に何があった」

矢作の問いかけに答えていいものかどうか源太郎が逡巡していると、新之助が呂律《ろれつ》の怪しい口調で武山との経緯を語った。

「そういうことか」

矢作は顎を撫でさすった。

「まったく、雑魚はどうでもいい、などと言っているが、要するに道慶の罪状を暴《あば》き

立てることができるかどうか、見極めているということだろう」

新之助は言った。

「そういうことだろうな。ということは、寛次の幽霊も往生堀に化けて出るのかもしれん」

矢作は笑った。

「このまま、指をくわえて見ていなければなりませんかね」

源太郎は嘆いた。

「そんな必要はないさ」

「すると、どうする気だ」

新之助が訊く。

「決まっているじゃないか。こっちはこっちで、往生堀をさらってやるさ。おまえたちは大人しくしていろ。おれに任せろ」

矢作は胸を張った。

「兄上らしいが、どうするのですか」

「潜入してやるさ」

矢作は素性を隠して潜り込む、と言った。

「そりゃ、余りに危ない」

新之助が引き止める。

「虎穴《こけつ》に入らずんば虎児《こじ》を得ず、だ」

矢作はいともあっさりと返したが、事は容易ではないのは矢作自身がよくわかっているだろう。単なる意地で言っているのではないに違いない。それだけに、危うい。

矢作のことだ、引きはしないし、危険も厭《いと》わないだろう。

「兄上、南町でも、引き止められるでしょう」

「かまわんさ」

「いくらなんでも無茶ですよ」

源太郎は新之助が止めてくれるものと期待した。だが、新之助が止めにかかったが、矢作は聞き入れようとはしなかった。

と、そこへ、京次がやって来た。

「探しましたぜ」

京次は八丁堀の組屋敷を覗いてから、この店だと見当をつけてやって来たそうだ。

新之助と矢作にも挨拶をしてから、

「三十間川に侍の亡骸が浮かんだんですよ」

侍の亡骸は刃物による傷が無数あった。

「侍は往生堀に住んでいた浪人者だったんですよ」

途端《とたん》に矢作が目をむいた。京次は続ける。

「で、妙な噂があるんです。その浪人、血飛沫の寛次だってんです」

「本当か」

矢作は京次に摑みかからんばかりだ。京次は気圧《けお》されながらも、

「大栄橋の近くの賭場……」

「房州の安次郎の賭場、おれが、寛次をお縄にした賭場だ」

「その、賭場で働いている安次郎の子分が、寛次だって騒いでたんです」

「じゃあ、寛次は生きていたのか。火盗改の手を逃れた……。どうして……」

矢作は混乱した。源太郎も新之助も啞然とした。

「よし、とことん調べてやる」

矢作の決意は一層高まった。

その頃、源之助は自宅の居間で久恵に、

「しばらく、家を空ける」

「どちらか行かれるのですか」

久恵はさすがに心配そうだ。

「ちょっとな……」

源之助の曖昧な言葉に久恵は詳細を知りたそうだが、遠慮している。

「いつまででございますか」

「さてな」

源之助は曖昧に誤魔化《ごまか》した。

「ひどいではございませんか」

さすがに久恵は受け入れてはくれなかった。夫が何処へいつまで留守にするのかわからないでは、心配するなと言う方が無理だし、無責任というものだ。

「すまん」

源之助は詫びた。

「なにも、責めておりませんし、詫びていただきたいとは申しません。わたくしは八丁堀同心の妻ですから、夫のお役目に口を差し挟む気はございませんし、知るべきでもないと存じます。ですが、今回ばかりは得心がいきません」

久恵は切々と語った。

「無理もないとは思うが」

源之助とてもそれはわかるが、往生堀に潜入するとはとても言えない。言えば、余計に心配をかけることになろう。

「わたくしは、八丁堀同心の妻です。覚悟はできております」

久恵は毅然《きぜん》と背筋を伸ばした。

妻への信頼の情が湧きあがってくる。

「往生堀を存じておるか」

源之助も意を決した。

「はい、とても怖い所だと聞いております」

久恵の眉間《みけん》に影が差した。

「そこへ、探索に向かうことになった」

「探索……。御奉行所のお役目でございますか」

「奉行所の役目ではない」

「では、どちらさまから……」

「それは申せぬ」

源之助はきっぱりと拒絶した。久恵もそれ以上は尋ねようとはしなかったが、いかにも胸には不安が渦巻いているようだ。

「さるお方の依頼で素性を偽り、潜入するお役目だ。申さずともわかると思うが、非常に危ない役目だ。ひょっとしたら……」

ひょっとしたら、命を落とすことになるかもしれないとは言えなかった。しかし、往生堀という土地柄、潜入捜査という秘密裏の役目であることから、久恵も察しているだろう。目を伏せ、唇を噛んだ。

「心配致すなとは申さぬが、必ず帰って来る」

源之助は強い口調で言った。

「お帰りをお待ち致しております」

久恵は無理に表情を取り繕《つくろ》ってはいるが、あまりにもぎこちないものだった。言葉と表情の差が、久恵の気持ちを物語っており、源之助の胸も複雑に焦がされた。

「すまぬな」

「ですから、詫びごとなどは無用です」

久恵の声が裏返った。

「そ、そうだな」

かえって自分の方が動揺してしまう。ついつい口を閉ざしてしまった。しばらく沈

黙が続いた後、

「お食事になさいますか」

「頼む」

生返事になった。久恵は居間から出て行った。源之助はごろんと横になった。なんだか、一気に疲れが押し寄せてきた。倦怠感《けんたいかん》と往生掘への恐れが渦巻く。しかし、弱気を見せることは、久恵を心配させるだけだ。毅然としていなければならない。そうは思ってもなかなかできない。思った途端にため息を吐《つ》いてしまった。

しばらくして、久恵が食膳を運んで来た。

「お待たせ致しました」

目の前に置かれた食膳には鰯《いわし》の塩焼き、香の物、蕪《かぶ》の味噌汁、山盛りの御飯があった。箸を取ろうとした時に、久恵の薬指に布切れが巻いてあるのが見えた。源之助の視線に気付いた久恵が、

「手を滑らせて包丁で……」

いかにもなんでもないように答えたが、心配の余り、包丁を持つ手を狂わせたことは明らかだ。

「美味そうだな」

源之助は傷のことには触れず、箸を取り、味噌汁を啜り上げた。続いて鰯の身を解《ほぐ》す。飯をかき込むが、どうしても食欲が湧かない。しかし、それを見せれば、久恵の心配を深めるだけである。懸命に飯をかき込む。丼飯を食べ終えると、

「お替わりを」

久恵が手を差し出してきた。食べたくはない。しかし、普段の源之助であれば、丼飯二杯は食べる。ここで、断れば久恵の心配を深めるだけだ。

「頼む」

丼を差し出す。

久恵は笑顔でお櫃《ひつ》から飯をよそった。虫の鳴き声が平穏な一夜を告げているが、源之助も久恵も緊張に包まれている。今夜に限って夜風が心地良いから皮肉なものだ。

「よき風ですね」

「まことだな」

箸を止めて庭を見た。蛍《ほたる》の光が夜陰にぼうっと滲《にじ》んだ。これほど庭の景色を味わったのは久しぶりである。再び、この夜景を見なければならない。

源之助は強く自分に言い聞かせた。

三

明くる十六日の昼下がり、源之助は粗末な木綿《もめん》の小袖に皺《しわ》だらけの袴を穿《は》き、往生堀へとやって来た。髭と月代を剃っておらず、ぼさぼさではないが、薄っすらと無精髭が伸びている。尾羽打ち枯《おはうちか》らしたというほどではないが、浪人らしい外見にはなっている。うらぶれた様子と見られるよう、背中を丸め、猫背になって歩いた。

往生弁天の鳥居前にある店に入る。源之助を侍と見ても、誰も席を空けようとはしない。入れ込みの座敷で昼間から酒を飲んでいる者が珍しくなかった。

源之助は握り飯と味噌汁を頼んだ。喧騒の中で、注文が通ったのかどうか怪しいものだったが、それでも、主と思《おぼ》しき老人が竹の皮に包まれた握り飯を持って来た。味噌汁も添えられる。

握り飯を頬張った。

しょっぱい。塩がやたらとまぶしてあり、飯はぱさぱさだ。具は小さな梅干が入っているだけだった。食欲が失せ、味噌汁を飲んでまたしても顔を歪めてしまった。

ひどい味である。申し訳程度に味噌の色をしているが、味がまるでしない。これもしょっぱいだけだ。それでも、腹の足しにしようと味噌汁を飲もうとする。

すると、不意に横に座っていた男の肘《ひじ》が飛んできた。避けようとしたが間に合わず、右手に当たった。味噌汁がこぼれ、袴にかかる。

舌打ちをしたところで、

「おい、何しやがるんだ」

肘を出してきた男が怒った。縞柄《しまがら》の小袖を着崩し、胸をはだけ、いかにも定職にはついていなさそうな男だ。

「そっちが、肘を出したのだろう」

「ここは、狭えんだよ。ひしめき合っているんだ。そっちで避けるのがあたりめえだろ。侍だからって威張るんじゃねえ」

男は右手を差し出し、掌を開いた。

因縁《いんねん》をつけてきたようだ。

「なんだ。この手は」

源之助はねめつける。

「着物が汚れたんだ。弁償《べんしょう》してもらわねえとな」

男は周囲に聞こえよがしに大きな声を上げた。すると、仲間と思《おぼ》しきがらの悪そうな連中が寄って来た。

「どうした、三一《さんぴん》、さっさと出しな。なに、一朱《いっしゅ》に負けといてやるよ」

男は強気の姿勢を崩さない。

「そんな金はない」

源之助は突っぱねた。

「ねえのなら、その刀でももらおうか。刀は武士の魂なんて抜かすんじゃねえだろうな。三一じゃ、刀も竹光《たけみつ》かい」

男が言うと、周囲が笑い声を上げた。源之助はにらみつけ、

「竹光か本身《ほんみ》か確かめてみるか」

源之助のいかつい顔と野太い声に、男は怖気《おじけ》づいたようだ。一瞬、怯《おび》えの表情となったが、周りの手前もあるのだろう、すぐに険《けわ》しく顔を歪ませ、

「刀が怖くてな、こちとら渡世はできねえんだよ」

と、腕まくりをした。そこには、罪人であったことを示す、二重線の入れ墨と、二の腕からは蛇《へび》の彫り物が覗いていた。

「馬鹿は死ななければ治らぬというが、しょうがないな」

源之助は正座したまま刀を抜き放った。煌きを放ったかと思うと、男の髷《まげ》が転がっ

た。同時に、刀は鞘に納まる。

抜く手を見せずとはこのことだ。

男は自分の頭を手で撫でさすり、転がる髷を持ち上げてしばし見ていたが、

「ひえ」

悲鳴を上げた。

仲間たちが色めき立った。

「やっちまえ」

誰言うともなく声が上がる。源之助は立ち上がるや、外に走り出た。やくざ者たちが追いかけて来る。往来の人込みが道の両端に分かれた。源之助を真ん中にやくざ者が囲む。みな、匕首を抜き、ぎらついた目を向けてきた。

往生堀に足を踏み入れた途端に、命の危機に直面した。

覚悟を決めてきたせいか、恐怖心はない。

やくざ者たちは源之助の様子を窺《うかが》うように腰を落としたまま動かない。やおら源之助は正面を向いたまま後ろに下がった。大刀の鐺《こじり》を突き出す。一人の鳩尾《みぞおち》に当たり、苦しげなうめき声が発せられた。

次いで、大刀を抜き放つ。

敵は虚を突かれ、源之助を囲む輪が乱れた。源之助は正面の敵に斬り込んだ。男は匕首を振り回す。源之助の刃は敵の右手首を切断した。匕首を持った手首が往来に転がる。

間髪《かんはつ》容《い》れず、右の敵に襲いかかる。今度は相手の太股《ふともも》を斬った。続いて、左の男に向かう。男は恐怖に顔を歪めながらも、匕首を突き出し突っ込んで来た。

「てえい！」

源之助は素早く、左に避け、同時に大刀をすり上げた。男の顔面が血にまみれ、鼻がぽとりと落ちる。

ここに至って、残りのやくざ者は怖気づき、棒立ちとなった。

「次、誰だ」

源之助の声に威嚇《いかく》され、身動きができない。

そこへ、

「旦那、すげえ腕だな」

人ごみを掻き分けて一人の男がやって来た。やくざ者特有の凄みを撒き散らしてはいるが、往生堀にしては小ざっぱりとしたなりをしていた。

源之助が無言の目を向ける。

「おら、寅五郎ってもんだ」

寅五郎は言った。周りが遠慮している。格好といい、往生堀の顔役のようだ。

「ずいぶんと、歓迎を受けたぞ」

源之助は皮肉まじりに言った。

「まあ、勘弁してくれ。ここじゃあな、侍を嫌う連中が多いんでな。お侍、名はなんといいなさる」

源之助は一瞬、口をもごもごとさせたが、

「おれは蔵田源蔵《くらたげんぞう》と申す」

「蔵田の旦那か。どうでえ、ここに腰を落ち着けねえか。こんな所だが、住めば都っていうぜ」

いきなりの申し出である。警戒心を抱き、返事をせずにいると、

「お近づきに、一杯といこうじゃねえか」

寅五郎は猪口をあおる真似をし、酒を頼もうとしたが、

「こんな小汚い所じゃなんだ、河岸《かし》を変えるとするか。往生堀はろくな店はねえが、ちっとはましな所もあるからな」

寅五郎は源之助の了承を得ることもせずに歩き出した。

寅五郎に連れられ、往生弁天の裏手にある、屋敷に入った。周囲を竹垣が囲み、更には竹が繁っている。大店《おおだな》の寮といった感じだ。木戸門を入り、風に鳴る竹林を抜けると御堂があった。障子が開け放たれ、濡れ縁《ぬれえん》が巡っていた。寅五郎の案内で階《きざはし》を上がり、堂内に入った。中は広い座敷になっている。

床の間を三幅対《さんぷくつい》の掛け軸と青磁《せいじ》の壺《つぼ》が飾り、真新しい畳が青々と輝いていた。寅五郎が濡れ縁から料理と酒を持って来るよう指示した。

「飲みながら話そうじゃねえか」

寅五郎が言うと、程なくして女中たちが膳を運んで来た。女中たちも、往生堀とは思えない小ぎれいななりをしている。そして、食膳に載っているのは鱧の湯引きだった。

「鱧か」

思わず顔がにやけた。

「蔵田さん、鱧を知っていなさるのか」

寅五郎が意外な顔をした。

しまった、鱧を食せるような身分ではない。

「上方《かみがた》におったのでな」

「すると、あんたは上方の大名家に仕えていたのかい」

「まあな」

言いながら上方の大名家をいくつか思い浮かべた。どこと名乗るべきかと身構えていると、寅五郎は問いかけてくることはなく、

「そうかい。なら、鱧の美味さは承知しているってことだ」

寅五郎は言いながら梅肉に鱧の切り身をたっぷりと付けて食べ始めた。源之助も食した。やはり、美味い。笑顔がこぼれそうになるのをぐっと堪える。

「江戸で鱧が食せるとは思ってもみなかった」

「上方から来た、とびきり腕のいい料理人がいてな、普段は石島町で料理屋をやっているんだが、たまに、招きよせて料理をこさえさせる」

寅五郎は言った。

作次郎のことだ。ここに作次郎が出入りしているということか。まさか、作次郎が往生堀の者たちの仲間に加わっているということか。

「鱧は、上方の料理人の包丁さばきが必要となるからな」

もっともらしいことを返す。寅五郎は酒も上方からの下《くだ》り酒だと言い添えた。

「本当に、腕は確かだ。そうだ、呼んでやるか」

　寅五郎は言った。

「いや、わざわざ、呼ぶほどのことはない。料理に忙しかろう」

　思わず早口になったのを怪しがられるかと思ったが、

「なに、かまわねえよ。せっかくだ。作次郎だって、鱧の美味さを知っているお侍がいるって聞いたら、うれしいだろうさ」

　寅五郎は縁側に出ると手を打ち鳴らした。

　まずい。

　作次郎と会っては、自分の素性が知られてしまう。小用にでも立つか。いや、そんな姑息《こそく》なことをしたところで無駄だ。小用から戻るまで作次郎は待ち続けるだろう。

　このまま逃げるか。

　逃げることはできよう。しかし、一旦、逃げ出したからには、もう、往生堀には戻れない。自分は隠密だと気付かれて、追っ手をかけられる。何より、影御用は失敗だ。

　それではなんのために素性を偽って潜入してきたのか。

　寅五郎は腰を落ち着け、再び飲み始めた。

　やがて、作次郎がやって来た。

「美味いぜ」

寅五郎が声をかけると、

「おおきに」

作次郎は頭を下げた。

「こちらのお侍が、上方の人でな、鱧を食せてえらく満足なさってるんだ」

寅五郎は言った。

作次郎の視線が向けられた。源之助はどうにでもなれという気持ちで見返した。作次郎の顔に微笑が浮かんだ。

「お誉《ほ》め、ありがとうございます」

源之助を見ても礼以外の言葉が発せられることはなかった。

忘れているのか。

自分のことを覚えていないのだろうか。いや、そんなはずはない。料理屋と打物屋で会った。料理屋の時は帰りがけに挨拶をした程度だった。それでも、打物屋で再開した時は源之助のことを覚えていたし、言葉も交わした。

すると、知っていながら知らないふりをしているということか。

一体、なんのために。

源之助は素性が割れることの心配から、大きな疑念に襲われた。

四

「ありがとうございます」

作次郎はぺこりと頭を下げ、調理場へ戻って行った。

「まあ、やってくんな」

寅五郎に勧められ、酒を飲んだ。

「ところで、ここへやって来たのは、察しておるとは思うが、用心棒にでも雇ってもらおうと思ってな。ここは、食い詰め浪人も流れてくるのだろう」

源之助は作次郎が素性を明かさなかったことでほっとし、饒舌になった。

「ところが、案外と少ないんだ。何しろ、往生堀といやあ、名うての悪所だからな。恐れをなしているっていうのと、流れて来ても使いものにならねえ、とんだ三一《さんぴん》野郎ばかりでな。実のところ、腕の立つ浪人者を探していたところなんだ。ここだけの話、頼りにしていたお侍が行方知れずとなってな、いい後釜《あとがま》を探していたんだぜ」

腕の立つ浪人……。矢作によると、血飛沫の寛次は武家の出ということだった。

鎌をかけてみるか。

「噂を耳にした。血飛沫の寛次という侍上がりの大盗人が往生堀に潜んでいるとな」

寅五郎は表情一つ変えず、

「そうさ。その寛次の旦那が行方知れずってわけだ」

「何処へ行ったのだ」

「わからねえから、行方知れずってことだぜ」

「それは、そうだが……」

「あんたは、血飛沫の旦那よりも腕が立つ。ってことは、もっと、すげえ働きができそうだぜ」

「どういう意味だ」

「そのうちわかるさ。頼むぜ。ここにいれば、捕まることもねえ。金だって、たんまり儲《もう》かるってもんだ」

「おれの狙いはなかったというわけだ」

源之助も下卑《げび》た笑いを浮かべた。

「往生弁天さまのお導きかもしれねえな。あんたのような腕の立つ侍が来てくれるなんて。あんた、腕もいいが、度胸も据《す》わっている」

寅五郎は取っておいてくれと、小判の紙包みを出した。二十五両包みが二つである。

「用心棒にしては法外な金だな」

源之助は遠慮なく、と言って着物の袂に入れた。

「あんたには、色々と働いてもらわなくちゃならねえ」

「というと、用心棒だけではないということか」

「言っただろう、血飛沫の寛次以上の働きだよ」

寅五郎はにんまりとした。

「なんだ、思わせぶりだな、教えろ」

「そのうちにわかる。まずは、ゆっくりしてくれ」

寅五郎は酒の追加を頼んだ。


源之助は寝泊まりする宿舎に案内された。往生弁天の境内の隅にある、板葺き屋根の小屋だった。中は片づけられ、畳も敷かれていた。食事は三度用意するという。暮らしに不自由はない。但し、往生堀を出て行く時は、寅五郎の許可が必要だった。

「ところで、ここを仕切っているのはおまえか」

「冗談、言っちゃあいけねえ。おれは、使い走りだ」

「じゃあ、親分は誰だ。会いたい」

「そのうちわかるさ。会う機会もあるだろうぜ」

「またまたそのうちか。ずいぶんと勿体《もったい》をつけるじゃないか」

「往生堀にもな、しきたりってもんがあるんだ」

寅五郎の口ぶりは緊張を帯びていた。親分がよほど怖いのだろう。

「考えてみれば、ここは極楽だな。極楽往生の地だ。善人、なおもて往生をと。いわんや悪人をや、か」

「なんだそれ」

「親鸞上人《しんらんしようにん》という偉いお坊さんの言葉だ」

「へえそうかい、よくわからねえが、悪党にとっては極楽、それこそ、往生を遂げられるってもんだぜ」

「町方や火盗改の手は入らないのか」

「火盗改は、隠密を送ってくるが、みんな、返り討ちに仕留めてやったさ」

「近頃も送ってきたのか」

「あったさ。血飛沫の寛次の探索にな。火盗改ばかりか、町方も踏み込んできやがった。しかも、おれを捕まえて番屋に引っ張って行ったんだぜ」

「北か南か」

「北町だって言ってたな」

「どんな咎でだ」

「殺しだよ。茶店の亭主殺しだ」

「本当に殺したのか」

「それは、いいじゃねえか。おれは、疑われたが、無事、こうして帰って来たんだから。ま、そうなることはわかっていたがな」

寅五郎は余裕の笑みを浮かべた。

「どうしてだ」

「こちとらには、強い後《うし》ろ盾《だて》ってもんがあるんだ」

「よほど、強力な後ろ盾だな。ならば、その後ろ盾が親分か」

「いや、違う」

寅五郎は言ってから、口を閉ざした。

その日の夕刻、往生堀の賭場へと行った。賭場の隅に座り、賭場の用心棒としての役割を果たす。賭場に来ているのは、いかにも、やさぐれた連中ばかりで、大金が飛び交っている様子はない。商人や分限者《ぶげんしゃ》の姿は見かけない。ところが見覚えのある男がいる。

房州の安次郎だ。

源之助はさりげなく席を立つと、蠟燭《ろうそく》の明かりが届かない闇の中に身を置いた。幸い、安次郎は気付かない。勝負に夢中になっているようだ。

しばらく様子を見る。

そのうち、安次郎はさばさばとした様子で賭場を離れた。

「今日は、三十両ですよ」

安次郎は寅五郎に今日の負け分を言った。

「ごくろうさま」

寅五郎は慇懃《いんぎん》に言った。

安次郎が出て行ってから、

「今の男、かたぎではないな」

「ここには、かたぎはいねえよ」

「あいつ、確か、房州の安次郎ではないか。いや、以前、用心棒をやったことがある」

「そうかい。あいつはいい奴だよ」

「奴の賭場はどうなのだ。近頃は血飛沫の寛次騒ぎでめっきりと客足が遠退いたという噂だが」

「それはそうだが、人の噂も七十五日、そのうち、戻って来るだろうよ。ここには、安次郎だけじゃねえ、博徒がやって来るんだ」

「自分の賭場でやるわけにはいかんからな」

「それと、ここは安全だからな。まず、手入れはねえ」

寅五郎の言う通りだろう。往生堀とは、悪所中の悪所、まさしく、はぐれ者の吹き溜まりのような場所だ。

「蔵田さんよ、嫌になったかい」

「いや、気に入った。おれの性分に合っているさ」

源之助は笑顔で答えた。

「そうかい。ならいいんだがな。あんたには大きな働きをしてもらわなくちゃならねえ」

寅五郎は団扇を忙しく動かした。

「だから、どんな仕事だ。勿体ぶらずに教えてくれ」

「そう、焦るな」

寅五郎は言った。


明くる十七日の朝、目を覚ますと、朝飾はいつでも食べられるということだった。源之助は食事をすませた。しかし、やることはない。往生堀を見回ろうと、外に出る。するとと、寅五郎から命じられているのだろう。若い衆が源之助についてくる。

「蔵田先生をお守りするようにって、寅五郎兄貴から言いつかっていますんで」

などと言っているが、その実は監視であろう。

「用心棒に用心棒とはな」

源之助は失笑を漏らした。

そんなわけで、昼間は何処へ行こうが、寅五郎以下、やくざ者たちの目が光っているとあって、何ら成果は得られなかった。

夕暮れ時、賭場が開帳されるまでの間、一時《いっとき》ばかり間《ま》があった。源之助は寅五郎に、

「昨日来た作次郎の店に行ってみたいのだが」

「そんなに軆が気に入ったかい」

「ああ、懐かしくなってな」

「あんた、素性を詮索《せんさく》する気はねえが、上士《じょうし》だったんだな」

寅五郎は詮索する気はないと言っているが、腹の中では源之助の素性を気にしているのだろう。当然といえば、当然である。素性、不確かな浪人者であるには違いないのだから。

「そんなことはない」

「いや、きっと、上士だろう。いくら、お侍だって、上方であっても、鱧を食うには銭がかかる。それに、上方の訛《なま》りがねえ」

しまった。

そうなのだ。上方訛りは特色がある。しかし、自分には使うことはできない。下手《へた》に使えば、かえってぼろを出すと思っていたのだ。

「聞いたことがあるぜ。大名家ってのは、国許の言葉を上士には使わせないって、平士とか、身分の低い者が国許の言葉を使うんだってな」

寅五郎は都合よく解釈してくれたようだ。まずは安堵《あんど》した。

「そういえば、蔵田さん、あんた、どことなく品があるぜ」

「馬鹿申すな」

尻が痒《かゆ》くなった。そんなこと言われたことはない。笑顔を作っても怖がられる、強《こわ》面《もて》と評判を取ってきたのだ。

「ま、いいや。それなら、行って来たらいいさ」

寅五郎は許してくれた。

「ならば、行ってくる」

源之助はゆっくりと腰を上げた。

五

源之助は鴨川屋へとやって来た。

女房のお杉は源之助のことを覚えていたが、浪人の風体《ふうてい》とあってしばし戸惑いの表情を浮かべた。

「ちょっと事情があってな。このような、なりですまぬ」

「いえ、その、失礼しました」

お杉は自分が非礼を働いているように感じたらしく、ぺこりと頭を下げた。

「作次郎はいるか」

「はい、今、仕込みをやっておりますが」

「忙しい時にすまぬが、少しだけ話がしたい」

「わかりました」

　お杉は怪訝な表情となりながらも、調理場へと入って行った。時を置かず、作次郎が出て来た。源之助を見て、用件を察したようだ。

「夕涼み、しましょうか」

　そう言って表に出る。源之助も黙って続いた。

　しばらく歩いてから、

「驚かれたでしょう」

　作次郎は言った。

「肝《きも》を冷やした」

「蔵間さま、往生堀に潜入しておられるのですね」

「いかにも」

　隠し立てしても仕方がない。

「命がけでございますな。御奉行所の命令でございますか」

「違う」

「ならばどなたから……。いえ、それはお尋ねしてはなりませんね」

ふと、言葉遣いが気にかかった。武家言葉が感じられる。

「そなた、ひょっとして武家の出ではないのか」

「実はさようです」

作次郎は言ったがそれ以上は答えない。

「そなたが、往生堀に行っているのは、料理の腕を買われたからか」

「はい」

「まこと、それだけか」

作次郎は逡巡していたようだが、

「蔵間さまの目は誤魔化《ごまか》せませんな」

と、小さくため息を吐いてから、蔵間さまと同様の理由です、と答えた。

「すると……」

作次郎は隠密。

「どちらの、あ、いや、それは答えられぬな。わたしは隠しておいて、そなたにだけ訊くのはよくない。やはり、往生堀を壊滅させようということか」

「あそこは、わたしが申すまでもなく、あってはならない場所です。もちろん、必要悪というものが世の中にはあります。それにしても、往生堀は必要悪にすらならない、ひどい場所。御公儀の力が及ばない。まさしく、無法地帯」

「見過ごしてきたことが奴らを増長させてしまった。そのことは町方も責任を感じないといけない」

「おっしゃる通りです」

「遅まきながら、いよいよ、潰す時ということだな」

「まさしく」

作次郎の目が光った。

「お杉は知っておるのか。そなたの素性と役目を」

「いえ」

この時ばかりは作次郎の顔が曇った。お杉のことは大事に思っているようだ。

「お杉はわたしの素性を含め、まったく存じません」

よほどの隠密、火盗改であろうか。いや、火盗改の放った隠密なら、須藤が作次郎のことを話したはずだ。須藤は、火盗改の同心三浦次郎三郎が血飛沫の寛次を逃がしてしまったことを打ち明けた。作次郎のことを隠し通すとは思えない。

すると……。

「御庭番《おにわばん》です」

作次郎は言った。

御庭番、八代将軍徳川吉宗《よしむね》によって創設された将軍直属の隠密だ。江戸城中の警護が表向きの役目とあって、普段は天主台《てんしゆだい》近くの庭の番所に詰め、火の周りや不審な人間の出入りに目を光らせた。ところが、真の役目は、将軍のための諜報活動である。

活動は、江戸向地廻り御用と呼ばれる江戸市中を探索するものと、遠国《おんごく》御用といって諸大名の国元を探索する御用があった。

いずれにしても、将軍直々か将軍の意を受けた御側御用取次《おそばごようとりつぎ》によって探索活動を行う。

作次郎は将軍の意を受け、往生堀を探っているのだろう。

「上さまは、往生堀と往生堀によって私腹を肥やす道慶に不審の目を向けられるようになったのです。それ以上は、申せませぬが、隠密裏に探索を行うことになりました」

作次郎は士分、しかも、御庭番は世襲、ちゃんとした家筋の生まれなのだろうが、武家の言葉は使わず、しかも、町人の物腰のまま言った。素性も明かそうとはしない。

それが、作次郎の御庭番としての意識の高さを感じさせた。

将軍家斉も往生堀を放置できなくなったのだろう。町方、寺社方、勘定方が持て余す往生堀を自ら掃除にかかったということかもしれない。

「わかりました。蔵間源之助、全力を尽くします」

源之助の方は言葉を丁寧に改めた。

「頼りにしております。これからは、お互い助け合い、往生堀壊滅に尽くしましょう。ご存じと思いますが、血飛沫の寛次が殺されました。往生堀の連中によってです」

「寛次が……」

寅五郎は行方知れずと言っていたが、自分たちの手で殺したとは。

「どうして、寛次を」

「用済みということでしょう」

作次郎はさらりと言ってのけた。

往生堀の恐ろしさがじんわりと押し寄せてきた。

「寛次ばかりではなく、火盗改の密偵たちの命も奪っています。しかも、火盗改に対し、これみよがしにです」

作次郎の言葉に思い当たることがあった。

新川の薄闇稲荷で首を吊った美濃吉だ。お民は美濃吉の亡骸が見つかるように仕向けた。きっと、火盗改への見せしめであったのだろう。

往生堀、恐るべし。

だが、怖がっていても仕方がない。往生堀で往生するのは御免だが、死をも厭《いと》わぬ覚悟で当たってこそ、活路が見出せるというものだ。

第五章　親分就任

一

源太郎と新之助は逡巡の末、源之助の考えを聞こうと思ったが、源之助は休んでいるという。新之助が、

「蔵間殿、お身体の具合でも悪いのか。昨日、今日、休まれておるではないか」

「さて、どうでしょう。父が病など聞いたことはありません」

「蔵間殿に聞かれたら怒られるかもしれんが、蔵間殿とて御年だ。ましてや、この暑さ。体調を崩されたとしてもおかしくはない」

新之助の言うことはもっともだ。

「ちょっと、様子を見に行ったらどうだ」

「いや、それは……。父は嫌がると思います」

源太郎が躊躇《ためら》いを示すと、

「頑強な蔵間殿が病を得られたのだ。よほど、お身体の加減が悪いのだろう。心配だ」

新之助に言われてみると、源太郎とても心配になってきた。

「町廻りの途中にでも、見舞いをするとしよう」

新之助に誘われるまま奉行所を出た。

源太郎が自宅に戻って来ると、

「あら、どうなさったのですか」

美津が木戸門で出迎えた。新之助に気付いてこくりと頭を下げる。

「父上が病に臥《ふ》されておいでなのだ」

「お見舞いと思いましてな」

源太郎が言い、
新之助が言葉を添えた。

「父上が病ですか」

美津が小首を傾げたところへ、久恵が出て来た。久恵は三人を見て小首を傾げた。

「父上、お身体、お悪いのですか」

源太郎が訊いた。

「え、ええ」

久恵は戸惑いを示した。いつもとは違う様子だ。

「ちょっと、お見舞いを、と、牧村さんも心配なさって」

源太郎が言うと、

「それは、どうもすみません。ですが、わざわざ、お見舞いをしていただくようなことはございませんから」

久恵はやんわりと断ったが、久恵の異変が気にかかる。源之助の病が予想以上に重いのか、それとも何か口に出せない事情があるのか……。

「せっかくですから、一目だけでもお顔を見てゆきたいのですが」

源太郎が申し出ると、

「いえ、本当に。それに、丁度今、寝入られたところです」

久恵の声が高まり、表情は険《けわ》しくなった。明らかにおかしい。久恵が拒むということは源之助も会いたがらないのだろう。

「失礼しよう」

新之助に袖を引っ張られ、源太郎も遠慮することにした。

「では、お大事に」

新之助が頭を下げ、源太郎も一緒に町廻りに出た。

八丁堀を離れたところで、

「蔵間殿、ひょっとして」

新之助が危ぶんだ。

「いかがされましたか」

「蔵間殿、奉行所を休んで、影御用をなさっておられるのかもしれん」

いかにもありそうだ。久恵は口止めされているのだろう。いや、久恵のことだ。口止めされなくても、余計なことは言わないに違いない。

「そうかもしれませんな」

「奉行所には内緒で行っておられるとなると、どのようなお役目であろうかな」

「父のことですから、決して楽な役目ではないでしょう。ましてや、病と偽って奉行所を休んでいるとなると……」

「心配だな」

新之助の眉間に皺が刻まれた。

「大丈夫でしょう」

源太郎は言ったが、もちろん根拠があることではない。想像で心配しても仕方がないと思ったのか、

「蔵間殿のことだ。どんな影御用だろうと、成就《じょうじゅ》なさることだろう」

新之助も明るく返した。

口では楽天的なことを二人とも言ったが、どちらからともなく黙り込んだ。しばらく、黙々と歩いた後、ふと源太郎が、

「往生堀……」

たちまち新之助も、

「そうだ、往生堀かもな」

「我らも潜入しましょうか」

「顔が割れている。寅五郎にな」

新之助はもどかしげに唇を嚙んだ。

「寅五郎は、往生堀では幅を利かせた男ですものね」

「引っ張ったのはまずかったと思うか」

「いえ、そんなことはありませんよ。茂助の無念を晴らしてやらねば」

源太郎は決意を新たにした。

明くる十八日の朝、源之助は寅五郎に、

「親分に会いたいのだがな」

「だから、ちょっと待ってくれよ」

寅五郎は顔をしかめた。

「そう焦らされてもな。おれにやらせたい仕事があるのだろう。五十両前金でくれたからには、相当に危ない仕事ではないか。そんな大仕事は、親分から直接聞きたいもんだ」

源之助は迫った。

「そうだがな、親分は弁天堂に籠もっていらして、めったなことじゃ寄り付けないんだ。お訪ねしていいのは、ただ一人」

「何者だ」

「女なんだがな……」

「親分の女か」

「いや、そういうわけじゃないんだがな」

寅五郎の歯切れの悪さが不気味に感じられる。

「ならば、その女に会わせろ」

源之助が焦れたところで、

「いいじゃないのさ」

女の声がした。

源之助が視線を向けると、すらりとした滅法艶っぽい女である。そして、見覚えがある。

お民。

源太郎が追っていた女だ。

ひょっとして、お民が親分の所に出入りしている女なのか。

「姉《あね》さん、こちら」

寅五郎は源之助に視線を向けた。

「おれは蔵田源蔵だ」

「すご腕なんだってね、旦那。あたしゃ、民っていうんだ。よろしくね」

お民は妖艶な笑みを浮かべた。

「五十両で買ってくれたんだ。それだけ見込まれたからには、相応の働きはする。親分に会わせてくれ」

「いいよ」

お民が了承すると、

「姉さん、それは……」

寅五郎は不満顔となった。

「まだ、会わせてもらえんのか」

源之助が不満そうに返すと、

「かまわないさ」

お民はけだるい声を発した。

寅五郎が黙り込んだところで、

「ついて来な」

お民はすたすたと歩き出した。源之助も続いた。寅五郎も心配になったのか、一緒に来た。

お民の案内でやって来たのは、往生弁天の境内にある弁天堂だった。鮮やかな朱色に輝く御堂は、往生堀にあっては異彩を放ち、威厳を感じさせる。

「弁天堂にいなさるのか」

源之助は大仰《おおぎょう》に驚いて見せた。お民は笑みを浮かべている。

「この暑いのに、観音扉《かんのんとびら》を締め切ったままとは、親分は、よほどに忍耐強いのか、寒がりなのか」

源之助は皮肉まじりに言った。

「つべこべ言ってないで、入るんだ。但し、言っておくけど、親分に会ったからには後戻りできないからね」

「承知したはずだぞ」

「念押しをしたのさ。お侍の中には、親分に会わせた途端に、逃げ出すのがいるからね」

「化物か妖怪なのか」

「さてね。化物なのか妖怪なのか、はたまた鬼なのかは、自分の目で確かめるんだね」

お民は思わせぶりな笑みを浮かべた。

「ずいぶんと勿体をつけるんだな」

源之助はなんだか胸が騒いで仕方がない。こうなったら、とことんだ。

親分に会ったらどうするか。

火盗改からの影御用は、往生堀を探ることだ。作次郎の話では、血飛沫の寛次は往生堀の者たちに殺されたという。寛次は往生堀のために盗みを働いていた。それが、殺されたのは、矢作に目撃され、往生堀に疑いの目が向けられたからだった。

寛次を殺したのは、往生堀のやくざ者たちに違いないが、殺したのは自分たちの意思ではあるまい。寅五郎でもお民の命令でもないだろう。きっと、親分の指図に違いない。往生堀を動かす、そして支配する存在……。

親分と会ったらどうする。

その場で殺すか。

それとも、捕縛するか。

殺すのはたやすいが、捕縛するとなるとちと骨だ。八丁堀同心としては、できれば捕縛したい。生きて捕らえて、裁きを受けさせたい。しかし、現実問題、それができるか。弁天堂の中に親分以外の者はいないだろう。寅五郎が、親分は御堂の中に籠もり、誰も寄せ付けない、出入りできるのは、一人の女だけだと言っていた。女はお民だ。

弁天堂には親分とお民、それに寅五郎がいるだけだ。一撃の下に、お民と寅五郎を斬る。それから、親分を捕縛する。そこまでは想像できるが、問題はその後だ。

往生堀から連れ出すには、どれほどの困難が伴うのか。

無数のやくざ者が相手となる。いくら、腕に覚えがあろうと、ただ一人立ち向かうというのは……。しかも、親分を連れてとなると不可能だ。

であれば、お民に気付かれることなく、親分を往生堀の外に誘い出し、捕縛する。

それしかない。

それにしても、親分とは何者だ。真夏の昼日中、弁天堂に籠もりっぱなしというのは。よほどに変わった男に違いない。

いや、男ではなく女か。

女としても、弁天堂に籠もっているとは。ということは、何か呪術《じゅじゅつ》めいた力を持つ者であろうか。

「ほら、行くよ」

お民に促され弁天堂に向かった。

二

源之助はいささかの緊張で、ついつい汗ばんだ。掌《てのひら》が汗ばみ、これでは刀を握れぬと、袴でそっと拭う。

観音扉が軋んだ音を立てながら開く。日が差し、弁天像が浮かび上がった。人の気配はない。お民は上がり、源之助も続いた。寅五郎は濡れ縁に立ち、中には入ろうとしなかった。

「何処だ」

源之助はくぐもった声を発した。かび臭い。ひんやりとした空気に頰を撫でられると、涼を感じるというよりは薄ら寒くなった。

「何処だ」

もう一度訊く。

「その前に、念押しするけど、親分に会わせたって逃げないって約束してよ」

「くどいな。武士に二言《にごん》はない」

「ところがさ、二言だらけの武士が多いのさ」

お民はけだるい雰囲気を醸《かも》し出した。

寛次を殺したわけを訊きたかったが、ぐっと堪える。

「おれをみくびるな」

源之助は言った。それにしても、人の気配がない。ということは、ここにやって来るということか。ずいぶんと勿体をつけるものだ。

「早く会わせろ」

「そう急かさないでおくれな」

お民は堂内の隅に歩いて行った。次いで、暗がりの中でごそごそと何かやりだした。まさか、隠し部屋でもあるのか。お民はよいしょと何かを持ち上げた。

日光を受け、眩《まぶ》しい煌きを放つ。目が射すくめられた。

それは大きな鏡であった。

「鏡か。三種の神器でもあるまいに、なんの真似だ」

お民はにやりとしたまま答えない。

「まじないか」

苦笑を投げると、

「鏡だよ。よく見な」

「おれに、鏡を見させてどうする。髭でも剃れって言うのか。親分に会う前に、身だしなみを整えろということか」

笑わせてくれるというか、勿体をつけるものだ。

「まあ、とくと見るんだね」

お民に言われ、

「わかったよ」

源之助は鏡を覗き込んだ。無精髭と伸びた月代のせいで、いかつい顔が際立っている。それにしてもなんの儀式だ。親分は何処にいる。

「もう、いいだろう。会わせてくれ」

源之助はお民を見返した。

お民は表情を引き締めた。

「もう、会わせたじゃないか」

「なんだと」

馬鹿にしおって。

「人を舐めるのも大概にしろ」

怒りが爆発する芝居をした。いや、芝居ではない。本当に腹が立ってきた。人をおちょくるのも大概にして欲しい。蔵田さん、あんた、親分に会ったんだよ」

「馬鹿になんかしていないさ。

「いつだ」

「今の今さ」

「まさか、おまえが親分だというのか」

お民こそが親分であり、それを隠すために、こんな弁天堂を作り、仰々しい芝居をして見せたのだ。

「おまえが、親分か」

源之助は睨みつける。

「違うさ。わたしのはずないよ。親分はひときわ強くなくちゃ務まらないんだからね」

「まどろこしい物言いはいい加減にしてくれ」

「焦れったいのはこっちさ。わからないかね。あんた、腕は立っても、血の巡りはよくないね」

お民はけたけたと笑った。

源之助の胸がざわついた。

「まさか……」

「やっとわかったようだね」

「おれが親分……、つまり、親分になれということか」

鏡に映った顔が親分、つまり、源之助だ。

お民は言っていた。これまでに、親分に会わせたら逃げ出す者がいたということを。

それはこういうことだったのだ。往生弁天に籠もる、物凄い盗賊の親分がいる。その親分は、一時は血飛沫の寛次と呼ばれていた。しかして、実態は、往生堀の連中によって担ぎ上げられた腕の立つ浪人たちだった。そして、その親分は使い捨てにされるのだ。

なんという連中だ。

これでは、火盗改がいくら密偵を送ろうが、正体をつかめなかったはずである。実に狡猾《こうかつ》な手法である。

「そういうことさ」

お民は言った。

「おれが親分として、盗人どもを率いて盗み働きをするということか」

「そうさ。あんた、引き受けるんだろうね」

源之助はここで、舐められてはならないという気持ちを強く抱いた。

「くどいぞ！」

怒声を浴びせるや大刀を抜き放ち、鏡台に向かった。

「てえい！」

気合いと共に大刀を横に一閃《いっせん》させる。鏡が真っ二つに割れた。

「な、何をするんだい」

お民が気色《けしき》ばんだ。

「おれが親分となるからには、もう、後釜は必要ない。おれが親分だ」

そういかつい顔を向ける。

お民は口を閉ざしていたが、

「親分、よろしくお願いします」

と、頭を下げた。

観音扉が開けられた。

お民が寅五郎に向かって、

「親分だよ」

「親分、よろしくお願い致します」

寅五郎は神妙に頭を下げた。

「今夜はお祝いだね」

お民が言うと、

「そうですね。ぱっと、料理屋に繰り出しますか」

寅五郎も上機嫌に応じる。

「おれは、往生堀でよい」

「しかし、親分、往生堀にはろくな店も食い物もありませんや」

「作次郎を呼んで鱧でも料理させればよい」

源之助は作次郎に真相を告げようと思った。

「よほど、鱧がお気に召したようですね。わかりましたよ」

寅五郎の言葉遣いが丁寧になっている。親分として認知したということだろう。

「今日は腕によりをかけてもらわないとね」

お民の声も弾んでいる。

「よし、今日は飲むか」

源之助は日輪を見上げた。

境内は真っ白だ。日輪に焦がされた大地には熱気が籠もり、蟬の鳴き声がかまびすしい。

その晩、竹林屋敷の御堂には源之助と寅五郎、それに、お民が集まった。お民が、

「近々、道慶さまの所へご挨拶に行ってもらいます」

「道慶さまとは……」

「往生弁天は谷中にある持国寺の末寺、道慶さまは持国寺の住職さまだよ」

往生堀の稼ぎは道慶に行くということだ。黒幕の正体がはっきりとした。

「道慶さまも、蔵田さんにご期待を抱いておられますぜ」

寅五郎が言葉を添える。

「期待に応えねばならんな」

源之助は酒を飲んだ。

「さて、髏が楽しみだ。作次郎の顔を見たいな」

源之助が言うと、

「おやすい御用で」

寅五郎もすっかり、源之助に心服しているようである。

「ならば」

源之助は調理場へ向かおうとした。ところが、

「親分はここでゆっくりなさっててくださいよ」

寅五郎は自分が呼んでくると立ち上がった。

「いや、おれが呼んで来る」

「かまわねえですよ」

寅五郎が返すと、

「そうですよ。ゆっくりなさってくださいな」

「夜風に当たりたくもなったし、作次郎の包丁捌きも見たくなったのだ」

源之助が強い口調で言うと、

「そうですかい」

寅五郎も引き下がった。お民もそれ以上は引きとめようとしなかった。

源之助は調理場へと立ち入った。まな板に包丁を使って作次郎が鱧をさばいていた。

なるほど、鱧とは細長い魚だ。味からは想像もできない、決して美しい魚体ではない。

矢作が言っていたように、人を食《は》むというのはあながち大袈裟ではない。作次郎は骨を鋏《はさみ》で切っている。源之助に気付き、手を止めた。

周囲で女中たちが洗い物をしたり、膳を整えたりしていた。

「なるほど、見事な料理の腕だな」

源之助は近付く。作次郎は無言でうなずく。

昼間、したためておいた書付をそっと、作次郎の着物の袂に入れた。作次郎も表情一つ変えず、作業を続けた。

「今夜も期待できそうだ。生唾が出て来たぞ」

「おおきに」

作次郎が礼を言ったのは、料理の腕への賛辞の他に、源之助がくれた情報であることは明らかだ。

三

矢作兵庫助は逡巡の末、やはり、往生堀を調べるべきだという結論に達した。怖気づいて巨悪を眠らせておくことはできない。その自負をなくしてしまったら、自分ではなくなるような気がした。

そう決意すると、十八日の夕暮れ時を選んでやって来た。羽織は脱ぎ、小袖の着流し、大小は差しているものの、十手は帯びていない。御用ではなく、あくまで物見遊《ものみゆ》山《さん》にやって来たのだという様子を取り繕っている。店や床店を素見《ひやか》し、露天で西瓜《すいか》を買って食べた。ごったがえす往来を行く者は、そろって目つきがよくない。地べたに筵《むしろ》を敷いて物乞いたちが哀れみの声を上げている。

矢作は物乞いに銭をやり、

「賭場を教えてくれ」

と、尋ねた。

物乞いは媚びるような笑顔を浮かべながら賭場の所在を教えてくれた。

賭場に足を踏み入れた。

帳場で札を交換してもらう。賭場の中を見回すと見知った男を見つけた。房州の安次郎である。矢作は安次郎の横に座った。安次郎が、

「あれ、矢作の旦那じゃござんせんか」

「自分の賭場じゃできねえか」

「まあね。それより、いいんですか、八丁堀の旦那が賭場で遊ぶなんて」

「ここは往生堀だぞ。野暮《やぼ》なことは言うな」

矢作が言うと、

「ごもっともです」

安次郎はうなずいた。

「おまえ、あんまり調子よくないな」

安次郎は負けこんでいる。

「さっぱりですよ。本当に、サイの目ってのはままなりませんや」

安次郎は肩をそびやかした。

「なら、今日は運が向いてきそうだ」

矢作は言うと、安次郎とは反目を張り続けた。今日の安次郎はつきに見放されたようで、代わりに矢作は儲けることができた。

「おまえのお陰で儲けることができた。一杯、奢るぞ」

矢作は安次郎の肩を叩いた。

「そんな、いいですよ」

「ま、そういうな。博打で得た金は景気よく使わないとな。一杯付き合え。おまえには寛次の一件で迷惑をかけてしまったようだしな」

「迷惑だなんて」

「まあ、いいから」

半ば強引に誘う。

嫌がる安次郎を誘い出して、目についた縄暖簾を潜った。安次郎を見知っている者もおり、矢作が怪しまれるということもなかった。

酒と肴を頼む。

すぐに酒と煮込みが届いた。何やらわけのわからない物が煮込まれている。匂いからすると、味噌で味をつけられているようだ。矢作は空腹を覚え、箸を使った。豆腐や葱はわかったが、肉の欠片《かけら》らしき物が何の肉なのかはわからない。安次郎に勧めても、手に取ろうとすらしなかった。

それを見れば、何の肉なのか、聞く気は起きなかった。七味唐辛子《しちみとうがらし》を大量に振りかけ、それで味を誤魔化す。

「往生堀にはよく来るのか」

「時々ですがね」

「博打をやりにか」

「まあ、ここは、手入れもありませんしね」

「そういうこったな」

矢作はごくりと冷や酒を飲んだ。

「ところで、ここには、盗人がわんさか逃げ込んでいるな」

「そんな噂がありますね」

安次郎は横を向いた。

「おまえ、前に言っていたじゃないか。自分の賭場になんか、見回りしてもしょうがないって。それなら、往生堀に行けば、わんさか盗人がいるって」

「そら、誰だってそう思っているでしょう」

安次郎はぶっきらぼうに返事をした。

「ところで、ここを仕切っているのは何者だ」

「さてね」

安次郎は明らかに関わりを恐れている。

「迷惑はかけん」

「そんなこと言われてもね、知らねえものは知らねえし」

「知らないところで、博打を打っているのか」

「知る必要もありませんからね」

「惚《とぼ》けるのもいい加減にしてくれ」

矢作は強い眼差しを送った。

安次郎は苦い顔で、

「お侍だって噂ですぜ」

「やはり侍か。まさか、血飛沫の寛次ってことはないだろうな」

「旦那、あっしの賭場でお縄にしたじゃござんせんか」

安次郎は薄ら笑いを浮かべた。

「それはそうだがな」

矢作は自信がぐらついていると言った。

「旦那には不似合いな弱気じゃござんせんか。そんなに知りたけりゃ、探ってみたらどうです。往生弁天の裏手に、竹林に囲まれたご大層な屋敷がありますぜ」

安次郎は囁《ささや》いた。

「すまんな」

矢作は礼を言うと、銭を払い、往生弁天に向かった。

ごった返す往来を縫うようにして行く。弁天の鳥居を潜ると、露天の夜店がにぎわいを見せていた。大勢の男たちが群れている。ここが、往生堀という無法地帯であることを物語っているのは、子供や若い娘がいないことだ。

弁天堂の横をすり抜け、裏手に出た。

安次郎が言っていたように、こんもりと茂った竹林がある。竹垣があり、その向こうには瀟洒《しょうしゃ》な建物が並んでいた。一見して、大店の寮といった風情を漂わせている。いかにも、何かが隠されていそうだ。

矢作は竹垣を乗り越えて、中に入った。立派な御堂がある。庭の植え込みに身を潜めた。御堂は障子が開け放たれ、やくざ者と女がいた。

「今度の親分はどうですかね」

男が言った。

「まずは、一流だね。腕といい度胸といい申し分ないさ。もし、メガネ違いなら、使い捨てればいいじゃないか」

女は冷然と言った。

どういうことだ。

今度の親分とはどういう意味だろう。使い捨てればいいというのも引っかかる。往生堀の親分とは、使い捨てられるということか。血飛沫の寛次も使い捨てられたのか。

「でも、使い捨てるには惜しいような気もしますがね」

「どうしたんだい。情が湧いたのかい。情けは禁物だよ」

「わかってまさあ。でもね、ここだって、いつまでも安泰ってわけにはいきませんよ。現に、町方が目をつけていやがるし、火盗改だって、隠密を何人も送り込んできやがったし」

「だから、そろそろ、でかい仕事をやってもらうのさ。親分にね」

女はけたけたと笑った。

「ということは、どれくれえの金を稼ぐつもりですか」

「一万両さ」

「そらすげえや。そんだけ稼げれば、足も洗えるってもんですぜ。だけど、一万両となると、よっぽどの分限者ってことですかい」

「まあ、見といで」

「道慶さまもご存じですよね」

「当たり前じゃないか。道慶さまのお指図だよ。道慶さまは、ちゃんと、考えていらっしゃるのさ」

「でも、あまりにも火盗改を翻弄《ほんろう》するようだと、まずいんじゃございませんか。いや、なにせ、火盗改は血飛沫の寛次を町方にかっさらわれたんですからね。おまけに、町方から引き渡された寛次に逃げられ、盗みを働かれ、挙句に往生堀の手で殺されたとあっては、面目丸つぶれでしょう」

なんだと……。

火盗改は寛次に逃げられたのだ。寛次は往生堀に逃げ込み、往生堀の連中は匿う代わりに一働きさせた。ところが、そろそろ寛次に町方の目が向いたことを危ぶみ、殺した。往生堀にとって、親分など誰でもいい。神輿《みこし》に過ぎないのだ。実際に支配しているのは道慶、道慶の下で差配しているのがこの二人だ。

「だから、今度は一万両強奪の大盗人を捕縛させるのさ」

「つまり、あのお侍を……」

「一万両強奪にふさわしい親分ってことだよ」

二人は笑いあった。

矢作はその親分となる侍を見定めようと、御堂の裏手に回ろうとした。すると、

──ちゃりん──

という音が響いた。

しまった。

土に植えられた鈴が鳴ったらしい。

男が出て来た。矢作は庭の植え込みに身を寄せようとしたが、時既に遅く、男に見つかった。

「誰だ」

「野郎ども！」

男が叫ぶと子分たちが蟻《あり》のように溢《あふ》れ出て来た。

「畜生」

矢作は抵抗しようとしたが、あっという間に囲まれてしまった。

「何者だい！」

男が御堂の濡れ縁から飛び降りて近寄って来た。

「ここで、雇ってもらおうと思ったんだ」

矢作は口から出任せを言ったが、

「兄貴、こいつ、八丁堀同心ですぜ」

子分の一人が言った。

矢作がお縄にしたことのあるやくざ者だった。

四

「ふん、町方が潜入か。命知らずと誉めてやるというよりは、向こう見ずだと言ってやった方が適当だな」

寅五郎の言葉に男たちが嘲《あざけ》りの笑いを放った。矢作は大小を取られた上に、両腕を摑まれた。身動きができない。

「さて、どうしようかな」

寅五郎はうれしそうだ

「殺せ、さっさと殺せ」

矢作は喚《わめ》いた。

「そんなに殺して欲しいのなら」

寅五郎が言うと、子分たちに目配せをした。子分たちが匕首を抜く。ゆっくりと楽しむかのように、矢作へと歩み寄って来る。矢作は咄嗟《とっさ》に右へよろめいた。右腕を摑んでいた子分もよろけた。その隙を矢作はついた。

右手を振り解《ほど》き、左の男に鉄拳を食らわせた。ここに至って、やくざ者も仰天した。

矢作は踵《きびす》を返すと、竹垣に向かって走り出した。

「逃がすな！」

寅五郎が大きな声で子分たちをけしかける。子分たちが追いすがって来る。矢作は足を速めた。

矢作は群がる敵を殴り、蹴り、三人ばかりを大地にのばした。

「面白い、腕が鈍《なま》っておったところだ。おまけに気分もむしゃくしゃとしてるぜ。丁度いい、鬱憤晴《うっぷんば》らしをしてくれるぞ」

矢作は怒鳴ると、殺到する敵に向かった。敵の骨が砕ける音が響いた。四人をのすと、敵は攻撃の手を止めた。矢作は背中を向け、一息に竹垣を飛び越した。

と、

「ああ」

思わず悲鳴を漏らしてしまった。

大地に着地したと思ったが、そこに地面はなかった。

穴の中に落ちたのだ。

「くそう」

矢作は歯噛《はが》みをした。すぐに、子分たちが押し寄せて来た。寅五郎が、

「引きずり出せ」

　矢作は子分たちに引きずり出された。

「ずいぶんとてこずらせてくれたが、ここまでだ」

　寅五郎は自ら匕首を抜き、今度は数人がかりで矢作を押さえつけさせた。

「お陀仏《だぶつ》しな。ここは、往生弁天、往生するに不足はあるめえ」

　寅五郎は匕首を腰だめに構えた。

　今度こそ、観念するしかない。

　矢作は目を瞑った。

　と、そこへ、

「待て」

　という声が響いた。

　矢作ははっとなって目を開いた。聞き覚えのある声、そう、蔵間源之助の声だ。

　そんなはずはない。

　いや、確かに源之助だ。しかし、どうしてここに。

　矢作は戸惑った。

源之助は台所から出ると妙に騒がしい。何か騒ぎが起きたらしいと小走りになって近づいた。

「あっ」

矢作が子分たちを殴っている。

あいつ、忍んで来たのだな。

状況を見ると、矢作が圧倒的に優勢だ。手出しする必要はなさそうだ。それに、今の自分の立場では加勢するわけにもいかない。

矢作のことだ。無事、逃げおおせるだろう。

果たして、矢作は竹垣を飛び越えて行った。

「やれやれ」

ほっとして、御堂に赴こうと思った。

が、

「引っかかりやがったぜ」

寅五郎の声がした。源之助は立ち止まり、再び視線を向ける。程なくして、矢作が子分たちに引き立てられ、敷地内に入って来た。寅五郎は匕首を抜いた。

矢作は万事休すといったところだ。

「てめえ、往生しな」

七首が月光を弾いた。

「待て！」

源之助は飛び出した。

寅五郎の手が止まり、振り向いた。寅五郎は驚きの顔である。矢作は源之助を見て口を半開きにした。源之助は強い眼差しで見返す。目に黙っていろという気持ちを込めた。

「親分」

寅五郎はにんまりした。

「寅五郎、どうした」

源之助は寅五郎の前に立った。次いで、

「こやつは何者だ」

「町方ですよ。性懲《しょうこ》りもなく、探りを入れてきたんです」

「わかった。解き放て」

「親分、殺すべきですぜ」

寅五郎の目が尖った。

「殺さずともよい。むしろ、こやつを手なずけてはどうだ。さすれば、町方の動きも知ることができるぞ」

源之助は言った。

矢作は源之助が親分となっていることに戸惑いながらも、源之助の意図を察したようだ。黙っている。寅五郎は矢作を見た。矢作は凄い形相で睨み返す。

「そら、無理ですよ。この男は、あっしらの言うことなんか聞くもんですか。生かしておいちゃ、絶対にためにならんですって」

寅五郎は強く抗《あらが》った。

「そうは言っても、こやつとて、命は惜しかろう。往生堀の恐ろしさはわかったはず」

しかし寅五郎は、

「こればかりは、親分のお考えでも聞き入れることができませんや」

子分たちもうなずく。一人が、

「こいつは、南町きっての暴れん坊って男だそうですぜ。これまでにも仲間が痛い目に遭わされています。生かしておくとろくなことになりません」

「こいつの言う通りですよ」

寅五郎は勢いを得た。

決着はついたと、匕首を持ち、矢作に近づく。

「覚悟しな！」

甲高い声で叫ぶと、匕首を持った右手を頭上高くつき上げた。源之助は素早く動き、
その手を摑んだ。

「な、何を」

寅五郎は戸惑いの目で見返した。源之助は寅五郎の手を離さず、

「おれがやる」

「親分が……」

寅五郎の目がしばたたかれた。

「ああ、おれがやる」

「親分の手を汚すことはねえですぜ」

「腕が鳴るのだ。久しぶりに人を斬ってみたくなった。それに、こやつとて侍の刀に
斬られるのがせめてもの慰め。武士の情けということじゃ」

源之助の毅然とした物言いに、

「そこまでおっしゃるんなら。わかりました」

寅五郎も引き下がった。

しかし、みなの前で矢作を斬るとなると大変だ。よほど、うまくやらねばならない。

「ここではなんだ」

源之助は寅五郎を見た。

「かまいませんや」

「亡骸の始末が面倒だぞ」

源之助は言うや、歩き出した。子分たちが戸惑っていると、

「連れて来い」

源之助は命じた。寅五郎も逆らわず、子分たちに矢作を連れて行くよう言い、自分もついて来ようとした。

「寅五郎と何人かは、ここに残れ。残って、こやつのような隠密が忍び込んでいないかを調べろ」

源之助のもっともらしい指示に、

「合点でさあ」

寅五郎は従った。

源之助は子分二人と共に矢作を連れて屋敷を出ると、裏手を流れる堀端に出た。子分たちに矢作を離すよう命じる。

矢作は柳の木陰に立った。

「下がっておれ」

子分たちを下がらせ、源之助は矢作の前に立った。矢作がわかっていると言いたげに軽くうなずく。

「うまくやれ」

小声で語りかけ、

「覚悟しろ！」

源之助は子分たちにも聞こえるように大きな声を発した。矢作は拳を握り締めて、立ち尽くす。

源之助はゆっくりと抜刀した。

次いで、大上段に振りかざし、

「てえい！」

大音声《だいおんじょう》で叫びたて、袈裟懸《けさが》けに振り下ろした。風を切る音がし、矢作の身体が掘へとまっさかさまに落ちて行った。

ざぶんという音と共に静寂が訪れる。子分たちが矢作の死を確かめようとしたが、

「行くぞ」

源之助が歩き出すと黙って従った。

五

子分たちは口々に源之助の手並みの確かさを誉め称えた。

寅五郎が出迎え、

「親分、さすがですね。一刀のもとに斬り捨てなさったとか」

「なに、相手は丸腰。斬るのは造作もないことであった。それよりも、隠密はおらんだろうな」

源之助は厳しい目を向けた。

「へい、ちゃんと調べましたんで間違いないです」

「しかし、くれぐれも注意を怠るな」

「心配いりませんよ。ここには手出しできないんですよ」

「そんなことを言いながら、南町は動いておるではないか」

「あいつは、特別ですよ。南町の役目じゃなくって、あいつ一人の考えで無謀な潜入をしたに決まってます」

　寅五郎は言い訳がましく答えた。

「それでよしとして、おれがやる仕事、そろそろ教えてくれ」

「道慶さまからお話があるんでしょうがね、具体的なことはあっしらにも教えてもらってませんが、一万両の仕事だってことだけはわかってますぜ」

「一万両か」

　さすがに話はでかい。

「一つ、大きく稼ごうってこってしてね。それだけに、親分の腕の見せ所ですぜ」

「見たこともない大金だ。腕が鳴るというものだ。一万両の仕事となると、五十両というのもありがたみがなくなるな」

　源之助はにやっとした。

「わかってますよ。一万両強奪した暁《あかつき》には、親分には千両を差し上げます」

「千両か」

　さすがに驚き入った。

矢作は堀の中に潜った。

源之助の腕を信用するしかなかった。覚悟を決め、源之助に身を委《ゆだ》ねた。切っ先が風を斬り、矢作の肩先をかすめた時には全身に寒気が走った。

さすがは源之助、一寸そらしてくれた。矢作はそのまま堀に落ちた。今、水面に顔だけ出して様子を窺っている。

「親父殿もやるな」

源之助のことだ。往生堀に潜入したのだろう。

真夏ゆえ、堀の水は気にならなかったが、真剣で斬りつけられた恐怖心から、全身に鳥肌が立っている。それに、着物が身体に絡まり、気持ち悪いことこの上ない。堀にはごみが浮かんでいた。往生堀の連中のごみ溜めとなっているようだ。

ひどい所だが、しばらくは身を潜めていよう。もし、見つかったら、自分の命はないし、源之助にも疑いが及ぶだろう。

やがて、架け橋の上を人が通った。酔っ払いのようだ。

「おい、河童《かっぱ》がいるぞ」

そんな声がした。

「なんだ」

数人が集まってくる。

いかん。

矢作は潜った。

「どこだ」

人々が騒ぎ出した。

矢作は水中にあって、息を殺した。

――早く行け――

心の中で念じる。水面を通して、架け橋の上から人々が見下ろしているのがわかる。

――早く行けよ――

心の叫びとなった。

しかし野次馬たちは、

「河童、出てこい」

「何処行った」

などと騒いでいる。

今、顔を出してはまずいが、息が続かない。水の中で手足を動かす。意外に底が深く、足は届かない。川面に波が立たないようにそっと泳ぐ。それでも息が苦しくなっ

て、

「ぷはっ」

と、顔を出してしまった。

「あそこ」

橋の上から声がかかった。

こうなったら、逃げるだけだ。矢作は手足を動かし泳ぐ。見上げると、堀端を一人の男が歩いていた。視線が交わった。

「あっ」

矢作は思わず驚きの声を上げてしまった。作次郎だ。作次郎もこちらに気付いたようだ。

橋の上の酔っ払いたちに向かって、

「あっちだ。あっちに行ったぞ。確かに河童だった」

と、大きな声をかけてくれた。

酔っ払いたちが、

「よし、捕まえてやる」

「見世物小屋に売ろうぜ」

などと言いながら堀端をばたばたと走って行った。見上げると、作次郎の姿はなかった。

命拾いをした。

作次郎のお陰で、どうにか切り抜けることができた。それにしても、作次郎は往生堀に何の用事でやって来たのだろう。

作次郎は自分を見逃してくれた。ということは、少なくとも敵ではない。上方《かみがた》の料理人と往生堀とはいかにも水と油である。博打をやりに来たのか、それとも料理の腕を買われて呼ばれたのか。生まじめな作次郎の人柄を思えば賭場に出入りしているとは考えられない。それとも、自分の知らない一面を持っているのだろうか。ひょっとして隠密……。

矢作は髷が解れてざんばら、濡《ぬ》れ鼠《ねずみ》となって夜道を急ぎ、石島町にある鴨川屋までやって来た。既に暖簾が取り込まれている。裏手に回る。

すると、裏庭に人がうずくまっている。

「お待ちしておりました」

作次郎がすっくと立ち上がった。

「先ほどはすまなかったな。礼を申す」

矢作はぺこりと頭を下げた。

作次郎は縁側から着物と布切れを取り出した。

「これに着替えてください」

「いや、無用。そのうちに乾くさ」

「お風邪を召します。夏風邪はしつこいですぞ」

作次郎の親切に甘えることにした。濡れた着物を脱ぎ、乾いた布切れで身体を拭き、用意してくれた着物に袖を通した。妻は既に休んでいるということだ。

「そなた、隠密か」

「御庭番です」

作次郎は源之助と共同して往生堀を探索することを語った。

「御庭番か……」

さすがだな、と感心した。まさしく、料理人に成りきっている。この腕とあれば、疑われることはあるまい。

「いや、おれとしたことが、独り勝手なことをしてしまい、まかり間違えば、蔵間殿にも迷惑どころか、大事なお役目をしくじらせることになったかもしれん」

矢作は自嘲気味な笑みを浮かべた。

「矢作殿はまっすぐなお方ですな」

「いや、単純なだけです」

照れてから、探索の様子に話題を向けた。

「蔵間殿がうまいこと潜入し、奴らを束ねる親分になりました」

「そのようですな。ところが、その親分、奴らは使い捨てにするつもりだ」

矢作は離れ座敷で聞いたことを語った。

「なるほど、そうしたからくりですか」

作次郎は納得したように首を縦に振った。

「いかがしますか」

「一万両の強奪、具体的なことがわかれば、先回りして手も打てます」

作次郎の言葉に、

「何か、わたしにできることはありませんか」

「今のところは……」

作次郎は口ごもった。今は、大人しくしておけということだろう。顔が割れたどころではない。自分が往生堀の者たちに見られただけで、源之助が危うくなるのだ。自分の勇み足が招いたことで、情けないことこの上ない。

「矢作殿を必要とするのは、一万両強奪の時です。その時は、必ずや矢作殿の豪腕が役立ちましょう」

作次郎に、

「いや、まこと、すまなかった」

「お命、お大事になされよ」

「ところで、女房は作次郎殿のことを存じておるのか」

「いいえ」

この時ばかりは作次郎は寂しげな顔になった。御庭番としての職務を遂行しながらも、素性を隠すためとはいえ、夫婦となっているのだ。情が移ったとしてもおかしくはない。

作次郎の心の内を思うと、複雑な思いに身を焦がされた。

「では、失礼する」

矢作は丁寧にお辞儀をして立ち去った。

第六章　一万両強奪

一

源太郎と新之助は源之助の身を案じずにはいられなかった。

今日十九日で、病欠四日めである。

居眠り番と揶揄される暇な部署とあって、奉行所の業務に支障が生じているわけではないのだが、屈強な源之助ということと、かつての鬼同心の病ということが奉行所内でも話題となっている。

「鬼の霍乱《かくらん》というやつか」

という噂は良いほうで、

「危ないのではないか」

という噂にもなっている。源太郎はその都度《つど》、夏風邪をこじらせたのだと取り繕っているが、それも何時《いつ》まで続くやら。そんな最中のこと、杵屋の善太郎が訪ねて来た。同心詰所の中で善太郎は風呂敷包みを床に置いて源太郎と新之助に向いた。

「昨日、蔵間さまをお訪ねしましたら、病でお休みですとか」

善太郎は父も心配しているからと、

「それで、これ、お薬でございます」

と、漢方薬を示した。

「かたじけない。父に届ける」

「お宅には、精をつけていただこうと、鯉をお届けしますので」

「そんな気遣いは無用だ」

「わたしもそう思ったのですが、父が承知しませんので」

善太郎は頭を掻いた。

「ただ、病気療養ゆえ、会えるかどうか」

源太郎が言うと、

「もちろんでございます。しかし、そんなにもお悪いのですか」

善太郎は心配を深めた。

「夏風邪だ。父は病などしたことがないからな。余計に堪《こた》えているようだ」

源太郎は苦しい言い訳と思いながらも、そう取り繕った。

「では、くれぐれもお大事に」

「ああ、間もなく平癒《へいゆ》するだろう。平癒すれば、また、善右衛門殿と碁を打てるようになる」

源太郎が言うと、横で新之助も大きくうなずいた。

善太郎が出て行ってから、

「蔵間殿、やはり、往生堀に行かれたのだろうか」

「母にも告げなかったようです。あまり、詮索すると母を苦しめるようで」

「そうであろうな。一番、やきもきなさっておられるのは久恵殿だ。さぞや気を揉んでおられることだろう」

新之助も、落ち着かない様子である。

そこへ小者が一枚の書付を届けて来た。源太郎が開けると矢作からである。

「昼九つ（正午）、日本橋《にほんばし》の高札場《こうさつば》で待つ。牧村殿と一緒に来られたし」

と、だけ記されていた。

いかにも意味深《いみしん》だ。

「矢作の兄からです。牧村さんにも来て欲しいとのこと」

「なんだろうな」

新之助は書付に視線を落としながら呟いた。

「血飛沫の寛次のことでしょうか」

「おそらくは、そんなところだろう。おれと源太郎を呼んだということは、表沙汰にはできないような御用についてかもしれないな」

新之助は呟いた。

「ともかく、行きましょうか」

源太郎は胸のもやもやとした気持ちを抱えながら立ち上がった。新之助の表情も曇っていた。

「今日も暑くなりそうですね」

源太郎が空を見上げると、

「夏は暑くなくてはな」

新之助は言った。

二人が日本橋の高札場にやって来ると、既に矢作は待っていた。どことなく緊張を矢作は二人に聞くこともなく心太《ところてん》を頼んだ。

帯びた顔つきである。目についた茶店に入り、矢作は二人に聞くこともなく心太《ところてん》を頼んだ。心太を待つ間に、

「昨晩、蔵間の親父に会った」

矢作は言った。

源太郎と新之助は顔を見合わせた。

「何処でですか」

源太郎の問いかけに、

「往生堀だ」

矢作は短く答えた。

「往生堀……」

源太郎が呟くと、

「まさかとは思ったが、往生堀とは」

新之助は絶句した。

「父は何をしておるのですか……。いや、探索なのでしょうが」

矢作は満面の笑みで、

「往生堀に巣食う盗人どもを束ねる親分だ」

「はあ……」

源太郎は口をあんぐりとさせ、新之助は、

「さすがは蔵間殿だ」

と、盛んに感心した。

「ところで、兄上はどうして往生堀に行かれたのですか。潜入したということですか」

源太郎の問いかけに顔を赤らめた矢作は、

「ま、心太を食べながら話す」

と、心太を啜った。

「まったく、どじを踏んだのだ」

矢作は忍び込んだのはいいが、敵に見つかってしまい捕らえられ、危うく殺されるところだった経緯を語った。

「いやあ、どじったものだ」

「兄上は無茶だからな」

源太郎は苦笑する。

「無鉄砲なのは、性分だ。こればかりは、直しようがない」

矢作は笑い飛ばした。

「父は誰の命令で往生堀になど潜入したのですか」

「さてな、それは聞く暇もなかった。ただ、これから、往生堀は仕上げの仕事に入る。一万両の強奪を企《たくら》んでいるらしい。その指揮を執《と》るのが親父殿の役目だ。奪ったところで、親父殿は生贄《いけにえ》にされる」

「なんと」

源太郎は驚きの顔を返す。新之助は心太を縁台に置いた。

「そのこと、父は承知しているのですか」

「いいや」

矢作は首を捻る。

「これは……」

新之助も危ぶんだ。

「すぐに、報せねば」

源太郎は焦ったが、

「心配するな。作次郎という男がいる」

と、御庭番作次郎の素性から、作次郎が料理人として往生堀に出入りしていることを語った。

「すると、作次郎を通じて父に報せてくれるのですね」

「おそらくはな」

矢作はうなずく。

「一万両の強奪とは、往生堀の悪党ども、怖いもの知らずにもほどがある」

新之助は憤った。

「ところが、その企《くわだ》てのお陰で往生堀の大掃除ができるというものだ」

矢作はにんまりとした。

「往生堀、とうとう手入れができるのですね」

源太郎も勇む。

「南も北もない。火盗改もない。往生堀を叩き潰すぞ」

矢作の言葉に源太郎も新之助もうなずく。

「ならば、おれは作次郎の連絡が入り次第、お主らに知らせる。これはくれぐれも内密に願いたい。でないと、機密が洩れるおそれがあるのでな」

「わかっている」

新之助は言った。

「父も大役を担ったものですね」

「蔵間源之助ここにありだな」

矢作も上機嫌になった。

矢作と別れてから、

「このこと、母には内密にします」

「その方がよい。心配を深めるだけだ」

新之助もうなずいた。

「今年の夏はいつになく暑いですが、御用も熱くなりますね」

「なんだ、ずいぶんと張り切っておるではないか」

「これが、張り切らずにはいられましょうか。江戸中の悪の巣窟となっている往生堀を掃除することができるのです。父も命がけのお役目をしておるのです。この上は、この十手に賭けてぶち当たるのみ」

「その意気だ。だが、こういう時にこそ、落ち着いて事に当たらねばならん。そして、こういう時こそ、冷静で事に当たることができるのが、蔵間源之助殿だ」

新之助は言った。

「そうですね。浮かれてはいられません。父の苦労を思えば、暑さなど吹き飛びます」

「油断するな。往生堀の背後には道慶がいる。道慶に知られぬようにくれぐれも隠密に慎重に事を運ばねばならん」

新之助の目には静かな決意が見て取れた。源太郎は、

「わかっております」

絶対にしくじりは許されないと自分に言い聞かせた。

「ではな」

二人は普段通りの町廻りを続けた。

二

源之助は竹林屋敷の御堂でお民から一万両強奪の企てについて話をされた。

「いよいよか」

源之助が期待を込めた眼差しを送ると、

「親分、腕が鳴って仕方ないいんじゃないかい」

「そらそうだ。一万両といえば、目も眩《くら》むような金だ。それだけに、やりがいというものが生じる。武者震いするぞ」

「頼もしいね」

お民は企てについて語った。

押し入る先は蔵前《くらまえ》の札差《ふださし》だそうだ。

「三河屋《みかわや》と駿河屋《するがや》の二軒に押し入る。各々《おのおの》から五千両、頂くってわけさ」

お民はまるで何でもないことのように言ってのけた。

札差ならば、一軒五千両は奪えそうだ。

札差は幕臣の受領米を扱う。米は旗本、御家人に二月、五月、十月に支給される。幕臣たちは支給日の当日、自分たちが受領する米量や組番、氏名などが記された米切手を御蔵役所に提出した。入り口付近に大きな藁束《わらたば》の棒が立ててあり、それに手形を竹串《たけぐし》に挟んでおいて順番を待った。これは、「差し札」と呼ばれた。幕臣たちは支給の呼び出しがあるまで近くの水茶屋などで休んでいた。

なかなか面倒な作業である。

そこで札差という商売が起こった。幕臣たちに代わって切米手形すなわち札を差し、俸禄米《ほうろくまい》を受領して米問屋に売却するまでの手間一切を請け負う商いだ。従って、当初は米問屋が多かった。後にも米問屋とは深い関係を保っている。

札差たちは米の支給日が近づくと得意先の旗本や御家人の屋敷を廻り、各々の切米手形を預かっておいて御蔵から米が渡されると当日の米相場で現金化し、手数料を差し引いた残りの金を屋敷に届ける。

六月は支給日の狭間《はざま》、支給作業が落ち着いたところである。狙うに丁度いい。

「なるほど、札差か。狙いはいいが、さすがに札差に押し入れば、町方は黙っていない。火盗改とて、面子にかけて捕物出役《とりものしゅつやく》に動くぞ。いや、何も怖気づいたわけではないのだがな」

するとお民は待っていましたとばかりににっこりとした。

「だから、往生堀を挙げてやる大仕事だって言っているんだよ」

「と言うと……」

源之助は首を捻って見せた。

「親分も見ただろう。往生堀には、江戸中の悪党が巣食っているんだ。盗みや人を殺す、火を付ける、なんてこと、朝飯前の者たちばかりだよ。そんな連中がうようよいるんだ」

「どういう意味だ」

「連中を動かすのさ。連中には、両国東広小路《りょうごくひがしひろこうじ》で暴れさせる。火を付けたり、打ち壊しをさせたり……」

「つまり、町方や火盗改の目をそちらに向けるということだな」

「そういうこと。なに、手間賃を弾んでやれば、嬉々として働くさ。それにね、あの連中、暴れ回ることが大好きなんだ」

お民はけたけたと笑った。

「だが、往生堀の連中がそんなにも大暴れをすれば、さすがにお上《かみ》は黙っていない。いくら、道慶さまの後ろ盾があろうと、往生堀は摘発されるぞ」

「ここには、二度と戻ってはこないさ。こんな、ひどい所に住み続けたくはないし、ここで往生するなんてまっぴら御免だよ。一万両奪って、とんずらさ」

お民は遠くを見るような目をした。

道慶もお民や寅五郎たちも、蔵田源蔵という浪人を往生堀を仕切る者として、町方か火盗改に差し出すつもりだろう。

「しかし、お上とて甘くはない。わしもお主らも、無事ではすまぬぞ」

「親分、やはり、ご自分の身がかわいいのだね」

「あたりまえだ。いくら、一万両奪う見返りに千両を得たところで、捕まってしまっては、なんにもならぬからな」

源之助は顔を歪めた。

「だから、親分の身は道慶さまが、お守りくださるさ」

「それは、ありがたいことだが」

源之助はここで言葉を止め、お民を見返した。お民の顔に不安の影が差した。

「あたしの言っていることが信じられないのかい」

「信じられぬな」

源之助は傲然と言い返した。

お民は戸惑うように目を彷徨《さまよ》わせたが、

「信じてもらうしかないね」

その声音は弱くなっている。探るように目を凝らし、源之助の出方を窺っていた。

「言葉だけではな」

源之助は横を向いた。

「証《あかし》が欲しいっていうのかい」

「そういうことだ」

「どんな証だい」

「前金で五百両」

「五百両……。そら、大金だね。あいにくと今、ここにはないさ」

「ならば、道慶さまから貰ってくればいいだろう」

源之助はさらりと言ってのけた。

「それは……」

「無理か」

お民はこくりとうなずく。

「ならば、乗れんな」

「今更、逃げるっていうのかい」

お民が声を荒らげた。

「ああ、降りる。信じられぬでは、危ない橋は渡れん。それにな、おればかりか、おまえの身の安全も計らぬばならんだろう。おまえだって、道慶さまに捨てられぬという保証はないのだぞ」

「それは、心配ないさ」

お民の表情に余裕が戻った。

「馬鹿に自信があるではないか」

「あたしは、大丈夫。お金なんか貰わなくてもね」

「どうしてだ。この際だ、腹を割ってくれ。疑心暗鬼のままでは、大仕事はできぬ」

「それもそうだね。なら、言うよ。あたしはね、道慶さまの娘なんだ」

お民は言った。

「娘だと」

本当なのだろうか。口から出任せではないのか。

「柳橋《やなぎばし》の芸者に生ませた娘だよ」

お民の口調が曇った。源之助は黙って話の続きを促した。お民も母同様に芸者をやっていた。ところが、三年前、母が死ぬと、

「寅五郎がやって来たんだ」

寅五郎は道慶が住職を務める持国寺で賭場を開帳していた博徒だった。ところが、将軍家斉の側室お松の方が参詣を重ね、大奥の女中たちも訪れるとあって、大奥への太い道筋はできたものの、賭場を開帳し続けることは憚《はばか》られた。

「そこで、寅五郎が往生堀に目をつけたんだ」

道慶は大奥に手を回し、荒れ果てたままになっていた往生堀にも、仏法の教えを広めたいという名目で弁天堂を建立することを認可された。

「狙いは予想以上に成功だよ。往生弁天の門前は博徒が集まり、当然、岡場所ができ、やくざ者が集まり、お上《かみ》の目が届かないのをいいことに、盗人や人殺しなんかの凶状持ちも巣食うようになったってわけさ」

「で、おまえは道慶さまから、往生堀を任されたというわけか」

「ただ一人の身寄りだからね」

ここでお民の睫毛《まつげ》が揺れ、一瞬だが憂いを含んだ眼差しとなった。

「でも、あたしもね、これでも、女さ。往生堀が嫌になって飛び出したことがあるんだよ」

お民は嵐の晩、往生堀を出て行こうとしたそうだ。

「往生弁天に出て行きますって、お参りしたんだ」

参拝をしておみくじを引いた。

「これが、大吉でね。出て行くのが正しいんだって、後押ししてくれたような気がしてさ」

「それで、往生堀を出ていかがしたのだ」

「しばらく、彷徨《さまよ》ってさ、大横川を本所の方へ向かったよ。でも、凄い嵐で立ち往生しちまった」

お民はその日の朝、病で臥せっていたのだという。寅五郎たちの目を盗めたのも、お民が寝込んでいると思われていたからだった。

「立ち往生してどうしたのだ」

「病だったし、一歩も動けなくなって、目に付いた茶店の雨戸を叩いたんだよ。法恩寺橋の近くだったね」

主人の茂助がお民を受け入れてくれた。

「その茶店でどうしたのか」

「茶店の亭主、看病してくれたよ。往生堀のすさんだ連中ばっかり見て暮らしていたからね、亭主、名前は茂助っていったっけ、なんとも垢抜《あかぬ》けないぼっとした男だったけど、逆にそんなところが新鮮に映ったんだ」

お民の口調は淡々としたものであるだけに、嘘偽りのないことを物語っているような気がした。

「それからどうした」

「親分、こんな話、退屈だよね」

お民は照れ隠しのように笑って見せた。

「いや、どうして、面白い。おまえという女に興味が募る。続きを聞かせてくれ」

「続きって言っても、大した話じゃありませんよ」

「是非、聞きたい」

心底そう思った。往生堀が嫌になって、飛び出し、茂助と茶店を営んだのだ。そのお民が再び、往生堀へと戻って来たわけは何だ。寅五郎たちに見つかり、連れ戻されたのか。

三

「しばらく、茂助と一緒に暮らしたさ。自分は何も覚えていないってふりして、茶店の女房になったんだ」

「いかがであった」

「楽しかったさ、最初のうちはね……。朝、早く起きて飯を炊《た》いて、味噌汁を作って、店の前を掃除して、夕暮れまで店をやって、色んなお客さんと話をして……。そうね、一月《ひとつき》くらいは楽しかった。一日が終わるのが早くてね」

「二月《ふたつき》め以降はどうだったのだ」

「それが……。二月めに入り、しばらくしてからふと懐かしくなったんだ、往生堀のことがね」

茶店に博徒らしき男たちがやって来たという。男たちは博打の話を楽しそうにしていたそうだ。すっからかんになっただの、この前は五両も儲けただの、茶店の平穏な暮らしとは無縁な話を聞いているうちに、往生堀のことが思い出されるようになったのだった。

「それで、なんだか、無性に退屈になっちまってね。三月《みつき》めに入ったある日、寅五郎がやって来たんだよ」

寅五郎はやっと見つけましたよ、とすぐに戻るように頼んできた。

「それで、戻ることにしたのか」

「迷いはしたさ。茂助は優しいし、親切だしね。でもね、あたしには、それがかえって……。茂助の優しさがうざくなっちまって」

お民は耐えられずに往生堀に戻った。

「しかし、茂助は黙っていなかったろう」

「だから、あたしは死んだことにしたのさ」

寅五郎は往生堀の女郎の中からお民と同じくらいの背格好の女を選んで、お民に見せかけて大横川で溺死させた。

「惨いことをするもんだな」

　源之助は怒りを抑えた。

「可哀想なことをしたけどね。仕方ないさね」

　お民は達観している。

「茂助はどうしたのだ」

「あの人……。諦めが悪いっていうか、しつこいっていうか。あたしを探し歩いて往生堀までやって来たんだ。ああいう、女に縁のなかった男ってのは、始末に悪いね」

「だが、茂助が往生堀におまえがいると見当をつけたのには理由があるだろう。茂助は、おまえは死んだと思い込んでおったのだろうからな」

「それはね、あたしのしくじりさ」

　お民は舌打ちをした。

「しくじり……」

　しくじりとは大横川沿いを歩いているところを茂助に見られたということだろう。どうして、お民はそんなことをしたのだろう。いかにも不用意な行いだ。

「櫛さ。鼈甲の櫛を取りに行ったんだ」

「そんなにも大事な櫛だったのか」

「おっかさんの形見でね、こんなあたしには柄にもないことだって笑っておくれな」

お民は茂助の茶店に鼈甲の櫛を忘れたことに気が付いた。諦めようと思ったが、どうにも我慢できなくなって取りに行ったのだそうだ。

「茂助が、湯屋へ行く頃合を見計らって、そばまで行ったんだけど、運悪く、茂助に見られてしまったんだ」

お民はやむなく引き返した。

「でもね、その時、心に決めたんだ。あたしは、とことん悪を尽くすってね。茶店での暮らしもおっかさんのことも忘れるって。それまでは、心の片隅に残っていた女らしさを捨てたんだ。吹っ切ったんだ」

お民の顔は言葉通りに晴れやかになった。

「で、茂助はどうした。往生堀にやって来たのだろう」

「始末したさ」

お民は吐き捨てた。

「すさまじい女だな」

「嫌いになったかい」

「いや、好きになった。おまえのような悪女、滅多にいるものではない。共に悪事を働くに足る女だ」

「うれしいこと言ってくれるね。見込んでよかったよ。なら、五百両はなんとかするからね」

「それともう一つ」

「なんだい」

お民は顔をしかめた。

「書付だ。道慶さまの書付をもらいたい」

「書付って、親分に一万両強奪させたっていうことを記せっていうのかい」

「そこまで記さなくてもよい。往生堀の親分としておれを認めることを書いてくれればよい。おれが、町方や火盗改の手を逃れられるような書付であれば、それでよいのだ」

源之助は一歩も引かないぞという意思を目に込めた。

「わかったよ。もらってやるよ。その代わり、ちゃんと働きをするんだよ」

「わかってる。おれだって、千両あれば、一生遊んで暮らせるんだ。こんな機会を逃すものか」

源之助が眦を決した。

「なら、今度はあたしから、親分の証をおくれな」

お民の顔は艶然とした笑みに包まれた。

「証といってもおれは素浪人だ。何もありはしない。あるのは、腕だけだ」

「あるさ」

言うやお民がしなだれかかってきた。濃厚な白粉《おしろい》と匂い袋、さらには雌《めす》の香が匂い立っている。

「やめろ」

しかし、お民は臆することなく、源之助を押し倒し、抱きついてきた。

「やめるのだ」

繰り返したところで、お民の口で口を塞がれた。啞然としたところで、舌が入ってくる。必死で口を閉ざそうとするが、お民の舌は生き物のように口中を這《は》い回り、源之助に拒絶させない。力ずくで、お民を撥《は》ね退《の》けようかと思ったが、拒めばお民の不信を買うことになろう。

お民は源之助が自分を受け入れるか試しているのだろう。

ならば、このままお民に身を任せるか。

いや、そんなことはできない。

お民が息継ぎをしようとして口を離した。強烈なぬめりを口に覚えながら、

「やめろ」

と、強い口調で言った。

「いいじゃないのさ。親分と身も心も一つになるんだよ」

お民は舌を出し、自分の唇をぺろりと舐め回した。紅が乱れ、口の周りを血のように染めている。

「事が成就してからだ」

「成就してからだって、すればいいさ。今、無性にしたくなった。つべこべ言わないで……」

お民は再び覆いかぶさってきた。

仕方ないか……。

いや、やめるべきだ。

源之助は起き上がろうとした。

と、そこへ、

「姉《あね》さん」

という寅五郎の声が聞こえた。お民の動きが止まった。

「なんだい」

不機嫌な口調で問い返す。

「道慶さまからお使いがいらっしゃいましたぜ」

「わかったよ」

お民は起き上がり、

「親分の言う通り、一万両、頂いてからだね。それまでは、お預けってことだ」

と、笑みを投げかけ、御堂から出て行った。

「ふう」

源之助は唇に付いた紅を袖で拭った。


お民は御堂を出ると、松の木陰で寅五郎と向かい合った。

「姉さん、いいんですかい。前金五百両だの、道慶さまからの書付だの。約束なんかしちまって」

「聞いてたのかい」

お民は薄笑いを浮かべた。

寅五郎は黙って首を縦に振った。

「まずかないさ。どうせ、あいつには死んでもらうんだ。往生堀の親分、札差から一万両もの大金を強奪した盗人の親分としてね」

「それは、そうですけど、うまく殺せますかね」

「簡単なこったよ。あたしの腹の上に乗っかってる時に、背中をぶすりさ。どんな男だって、女の腹に乗ってる時は隙だらけさ」

「だといいんですがね」

「うまくいくさ。あいつには、えさを投げといたからさ。あたしと寝たくて仕方がなくなってるさ」

「だから、あいつに乗っかってたんですか。こら、姉さんにはかなわねえや」

寅五郎は額をぴしゃりと叩いた。

「だから、あいつの言うこと聞いてやるさ。五百両でも書付でも用意してやるよ」

「よくわかりましたぜ。蔵田の旦那も、幸せな男だ。たとえ、ほんの一時でも、千両を手にして、弁天さまのようないい女を抱けるんですからね。弁天さまに乗っかられて往生遂げられるんですからね」

寅五郎は御堂を見た。

源之助は、お民や寅五郎、そして、道慶の企てを知り、作次郎を通じて、南北町奉行所と火盗改の隠密同心須藤に報せる手筈《てはず》を整えようと思った。

四

決行の日取りが決まった。

二十六日の夜九つ（午前零時）である。前日の夕刻、源之助はお民から道慶の書付と五百両を渡された。前祝いに鱧を食べたいと、作次郎を呼んだ。ひとしきり、鱧を食してから作次郎に話した。

「美味かったぞ。そろそろ、鱧は終わりか」

「おっしゃる通りです」

作次郎はぺこりと頭を下げた。寅五郎とお民に向かって少し夜風に当たってくると言い置き、作次郎と共に御堂を出た。庭を横切り、木戸門を潜り、竹林屋敷の外に出たところで、

「明日だ。夜九つに蔵前の札差を襲う。三河屋と駿河屋だ。但し、その前に両国東広小路で往生堀の連中が火付けや打ち壊しを行う。町方や火盗改を引き付けるためだ」

「わかりました」

作次郎は静かにうなずく。

「道慶から前金として五百両をせしめた。御堂の床下に隠してある。それと」

源之助は道慶に書かせた書付を渡した。

「この書付はおれが往生堀の親分であることを記した認可証の役割を持っている。道慶と往生堀、そして、明日の一万両強奪を繋げる証となる」

「ありがとうございます」

作次郎の顔が輝いた。

「南町の矢作兵庫助と火盗改の隠密同心須藤へ連絡してもらいたい」

源之助は須藤の所在を告げた。

「承知しました。手筈を整えます」

作次郎はぺこりと頭を下げて立ち去ろうとした。ふと、

「ちょっと、待ってくれ」

作次郎はおやっという顔になった。

「往生堀の掃除が終わったら、どうするつもりですか」

「どうするとは……。鴨川屋のことですか」

「お杉のこともです」

「役目が終われば、それまでです」

「ということは、消えるのですか」

なんだか、お杉のことが気の毒になってきた。

「では、これにて」

作次郎は走り去った。


明くる二十六日の夜四つ半（午後十一時）を過ぎた頃、源之助とお民が率いる往生堀のやくざ者十人が蔵前にやって来た。今日は二十六夜、三日月《みかづき》の反対の形をした月が昇るのは明け方だ。といっても、星影が瞬き、夜目に慣れた源之助たちには不自由はない。

寅五郎率いる、囮《おとり》の一隊は両国東広小路に着いたはずである。

三河屋と駿河屋は蔵前通りに面した、間口十間の店だった。このすぐ北には幕府の御米蔵がある。

御米蔵は浅草、大川《おおかわ》の右岸に沿って埋め立てられた総坪数三万六千六百五十坪の土地に建ち並んでいる。北から一番堀より八番堀まで舟入り堀が櫛の歯状に並び、五十四棟二百七十戸の蔵があった。

真夜中の蔵前はしんと静まり返り、人の気配はない。

「そろそろだね」

お民が言ったところで、大川の対岸、両国橋の東辺りに火の手が上がった。程なくして半鐘《はんしょう》の音が夜空をつんざいた。

「やるぞ」

やくざ者の一人が雄叫びを上げた。

「まだだよ」

お民が制する。やくざ者がむっとしたところで、

「もう、四半時（三十分）待て。町方と火盗改が両国東広小路へ向かってからだ」

源之助が言った。

寅五郎率いるやくざ者二十人余りは両国東広小路にいた。

「さあ、野郎ども、思う存分に暴れるんだ。駄賃は一人十両。他に、分捕《ぶんど》った物は自分たちの物にしろ」

寅五郎が言うと、やくざ者は奮い立った。

往来に面した商家は雨戸が閉ざされ人気《ひとけ》はない。

「まずは、火を付けるんだ」

寅五郎の指図で、やくざ者が嬉々として放火の準備をした。

と、その時、

「御用だ！」

地鳴りのような声が響いたと思うと、商家の雨戸がばたばたと開いた。

「な、なんだ」

寅五郎が驚きの声を上げる。

「ひっ捕らえろ」

矢作が十手を翳《かざ》し、寅五郎たちに向かった。源太郎と新之助が続く。南北町奉行所共同で結成された捕方は総勢五十人にもなる。やくざ者たちは泡を食った。

向かって来る者もあれば、逃げようとする者も出て、混乱を極めた。混乱に乗じて、寅五郎が逃げ出した。一人、両国橋に向かって逃走する。

すると、両国橋からも捕方が殺到して来た。火盗改である。

寅五郎たちはたちまちにしてお縄になった。

「よし、焚き火《たび》だ」

矢作が言うと、捕方が広小路の真ん中に材木を積み上げた。天水桶《てんすいおけ》から消火用の水を準備し、火が付けられた。

夜空を炎が焦がしたところで半鐘が打ち鳴らされた。

「そろそろいいんじゃないかい」

お民が源之助に言った。

「そうだな、そろそろいいだろう」

源之助は抜刀した。

「いくよ」

お民はやくざ者に声をかけ、三河屋の裏手に回ろうとした。ところが、

「観念しろ」

源之助は鋭い声をお民に浴びせた。お民が怪訝な顔をしたところで、手近にいたやくざ者の鳩尾《みぞおち》を大刀の柄頭《つかがしら》で打った。

「痛え」

やくざ者がうずくまった。

「あんた、まさか、裏切るのかい」

お民の声が裏返った。

「往生するんだ」

源之助は抜刀した。

「やっておしまい」

お民が声をかける前にやくざ者たちが源之助に向かって来た。

源之助は大刀を大上段に構え、敵に向かった。やくざ者たちは、怒鳴り声を上げながら匕首や長脇差を振り回す。

しかし、動転している上に源之助の腕を知っているとあっては、及び腰となっている。お民に叱咤《しった》され、ようやくのこと長脇差を持った二人が斬りかかってきた。

「てえい！」

源之助は一人めの右腕を斬り飛ばした。間髪《かんはつ》を容れず二人めの脇腹を浅く斬った。

夜道に二人が転がる。

一人が背中を向け、逃げ出した。

「逃がすか！」

叫ぶや源之助は右足の雪駄《せった》を脱ぎ、拾いあげると男めがけて投げつけた。雪駄は矢のように飛び、男の後頭部に命中した。

男は前のめりに倒れた。

続いて、左足の雪駄も脱いで左手に持つ。

二人のやくざ者が左右から同時に襲って来た。左の敵の額を雪駄で打つ。敵は鼻血を出しながら倒れた。更に、右の敵の耳を斬り落とした。

残った連中は怯え、両手を合わせて源之助を拝み許しを請うた。

「よくも」

お民は踵を返した。

源之助は追いかけ、お民の肩を摑んだ。お民がもんどり打って転がった。

「神妙にしろ」

「あんた、町方かい、それとも火盗改かい」

「北町奉行所の蔵間源之助と申す」

「ふん、そうだったのかい。あたしも、やきが回ったってことだ」

「縛《ばく》につけ」

「おあいにくさま。あたしは、捕まらないよ」

「道慶の娘だからか」

「そうじゃないさ」

「往生際の悪いことだ」

「ふん、捕まってなるもんかい」

お民は言うや、ううっと呻《うめ》いた。口からどす黒い血があふれ出る。

お民の息は絶えた。

五

葉月《はづき》（八月）となり、源之助と矢作は鴨川屋へとやって来た。まだまだ、残暑が厳しく、昼間は汗みずくとなるが、夕暮れとなると風に秋の訪れを感ずることができた。

二人は二階の座敷に入った。何処からともなくコオロギの鳴き声が聞こえる。

「いらっしゃいまし」

お杉が座敷に入って来た。

「今日も、美味い物を頼むぞ」

矢作が言った。

「お二人の舌を満足させる料理をこさえることができますかどうか」

お杉はにっこり微笑んだ。

「なんでもいいさ」

矢作は賛同を求めるように源之助を向いた。

「作次郎、上方に料理修行に戻ったそうだな」

源之助の問いかけに、

「はい。まだまだ未熟だと言って……」

「熱心だな」

「うちの人は、料理のこととなりますと、それは夢中で。わたしの言うことなんか聞いちゃくれません」

「どれくらいの期間だ」

「一年ということですけど、あの人のことですから、得心が行くまでは戻ってこないと思います。でも、わたしは、あの人が戻って来るまで、この店を守ります」

「えらい、その意気だ」

矢作が言った。

「幸い、往生堀も摘発されたことですし、ここらも平穏になります」

お杉は笑顔を弾けさせ、座敷から出て行った。

「可哀そうな気がするな。作次郎を待ち続けるのだぞ」

「親父殿、おれは、作次郎が戻って来ると思うぞ」

矢作らしい自信たっぷりの物言いである。

「まさか、作次郎は公儀御庭番だぞ」

「御庭番だろうが、隠密だろうが、おれは帰って来ると踏んだ。往生堀を掃除し、道慶の罪を暴き立てる功を上げたのだ」

「だから、戻れないんじゃないのか」

「そうかな、これだけの手柄を立てたのだ。もし、お杉のことを好いていたなら、妻にもできるだろう」

「そうかな」

源之助はそうは思えなかったが、お杉のためにそう願うことにした。

「ところで、火盗改の三浦が自害したそうだ」

矢作は三浦次郎三郎が血飛沫の寛次を逃した罪を悔い、自害したことを伝えた。

「今日はわたしが奢る」

「親父殿、いいよ。この店は安くないんだぞ。作次郎がいないから、京料理は出ないがな」

「心配するな。わたしも褒美を貰った。火盗改のお頭大井川正蔵さまにな」

影御用の依頼主、大井川は源之助に二十五両をくれた。源之助が往生堀で寅五郎から受け取った五十両を大井川に渡したところ、

「かまわん、五十両はおまえが貰っておけ」

と、言ってくれたが、それはできぬと固辞した。遠慮することはないと説得されたが、

「悪党からもらった金は受け取ることなどできない」

と、固く辞退した。

するると、大井川は源之助が受け取った往生堀からの五十両とは別に、改めて自分からの謝礼だと言って五十両を渡してくれた。

「結局、半分だけ受け取ったということか。親父殿らしいな」

「人間、欲をかいてはいかんからな。ま、二十五両でも、わたしにとっては大金だ」

「なら、今日は遠慮なくご馳走になるぞ」

「どんどん飲めよ」

「そうだな」

矢作は笑顔を広げてからふと、

「いや、今日は、酒はよすよ」

「どうしてだ」

「また、幽霊を見るかもしれないからな」

と、肩をそびやかした。

「もう、秋だ。幽霊も店仕舞いであろう」

源之助は空を見上げた。何時《いつ》の間にか、日は落ち、闇夜が広がっていた。

夜が長くなっている。

「たまには、女房孝行したらどうだ」

矢作に言われ、

「鼈甲の櫛でも買ってやるか」

源之助はそっと呟いた。

時代小説

二見時代小説文庫

無法《むほう》許《ゆる》さじ　居眠《いねむ》り同心《どうしん》　影《かげ》御用《ごよう》17

著者　早見《はやみ》俊《しゅん》

発行所　株式会社　二見書房
東京都千代田区三崎町二―一八―一一
電話　〇三―三五一五―二三一一［営業］
　　　〇三―三五一五―二三一三［編集］
振替　〇〇一七〇―四―二六三九

印刷　株式会社　堀内印刷所
製本　ナショナル製本協同組合

落丁・乱丁本はお取り替えいたします。
定価は、カバーに表示してあります。

©S.Hayami 2015, Printed in Japan. ISBN978－4－576－15108－3
http://www.futami.co.jp/

二見時代小説文庫

居眠り同心 影御用 源之助 人助け帖

早見俊［著］

凄腕の筆頭同心蔵間源之助はひょんなことで閑職に左遷されてしまった。暇で暇で死にそうな日々にさる大名家の江戸留守居から極秘の影御用が舞い込んだ！ 第1弾！

朝顔の姫 居眠り同心 影御用2

早見俊［著］

元筆頭同心に、御台所様御用人の旗本から息女美玖姫探索の依頼。時を同じくして八丁堀同心の審死が告げられた…左遷された凄腕同心の意地と人情！ 第2弾！

与力の娘 居眠り同心 影御用3

早見俊［著］

吟味方与力の一人娘が役者絵から抜け出たような徒組頭次男坊に懸想した。与力の跡を継ぐ婿候補の身上を探れ！「居眠り番」蔵間源之助に極秘の影御用が…！

犬侍の嫁 居眠り同心 影御用4

早見俊［著］

弘前藩御馬廻り三百石まで出世し、かつて道場で竜虎と謳われた剣友が妻を離縁して江戸へ出奔。同じ頃、弘前藩御納戸頭の斬殺体が柳森稲荷で発見された！

草笛が啼《な》く 居眠り同心 影御用5

早見俊［著］

両替商と老中の裏を探れ！北町奉行直々の密命に居眠り同心の目が覚めた！同じ頃、見習い同心の源太郎が行き倒れの少年を連れてきて…。大人気シリーズ第5弾！

同心の妹 居眠り同心 影御用6

早見俊［著］

兄妹二人で生きてきた南町の若き豪腕同心が濡れ衣の罠に嵌まった。この身に代えても兄の無実を晴らしたい！血を吐くような娘の想いに居眠り番の血がたぎる！

二見時代小説文庫

殿さまの貌《かお》 居眠り同心 影御用7
早見俊［著］

逆袈裟魔《ぎゃくげさま》出没の江戸で八万五千石の大名が行方知れずとなった！ 元筆頭同心で今は居眠り番と揶揄される源之助のもとに、ふたつの奇妙な影御用が舞い込んだ！

信念の人 居眠り同心 影御用8
早見俊［著］

元筆頭同心の蔵間源之助に北町奉行と与力から別々に二股の影御用が舞い込んだ。老中も巻き込む阿片事件！ 同心の誇りを貫き通せるか。大人気シリーズ第8弾！

惑《まど》いの剣 居眠り同心 影御用9
早見俊［著］

居眠り番蔵間源之助と岡っ引京次が場末の酒場で助けた男の正体は、大奥出入りの高名な絵師だった。なぜ無銭飲食などをしたのか？ これが事件の発端となり…。

青嵐《せいらん》を斬る 居眠り同心 影御用10
早見俊［著］

暇をもてあます源之助が釣りをしていると、暴れ馬に乗った瀕死の武士が…。信濃木曽十万石の名門大名家に届けてほしいとその男に書状を託された源之助は…。

風神狩り 居眠り同心 影御用11
早見俊［著］

源之助の一人息子で同心見習いの源太郎が夜鷹殺しの現場で捕縛された！ 濡れ衣だと言う源太郎。折しも街道筋を盗賊「風神の喜代四郎」一味が跋扈していた！

嵐の予兆 居眠り同心 影御用12
早見俊［著］

居眠り同心の息子源太郎は大盗賊「極楽坊主の妙蓮」を護送する大任で雪の箱根へ。父源之助の許には妙蓮絡みの奇妙な影御用が舞い込んだ。同心父子に迫る危機！

七福神斬り　居眠り同心　影御用13
早見俊［著］

元普請奉行が殺害され亡骸には奇妙な細工！　向島七福神巡りの名所で連続する不思議な殺人事件。父源之助と新任同心の息子源太郎よる「親子御用」が始まった。

名門斬り　居眠り同心　影御用14
早見俊［著］

身を持ち崩した名門旗本の御曹司を連れ戻すという単純な依頼には、一筋縄ではいかぬ深い陰謀が秘められていた。事態は思わぬ展開へ！　同心父子にも危険が迫る！

闇の狐狩り　居眠り同心　影御用15
早見俊［著］

碁を打った帰り道、四人の黒覆面の侍たちに斬りかかられた源之助。翌朝、なんと四人のうちのひとりが、寺社奉行の用人と称して秘密の御用を依頼してきた。

悪手《あくしゅ》斬り　居眠り同心　影御用16
早見俊［著］

例繰方《れいくりかた》与力の影御用、配下の同心が溺死した件を内密に調査してほしいという。一方、伝馬町の牢の盗賊が本物か調べるべく、岡っ引京次は捨て身の潜入を試みる。

憤怒の剣　目安番こって牛征史郎
早見俊［著］

九代将軍の世、旗本直参千石の次男坊に将軍の側近・大岡忠光から密命がくだされた。六尺三十貫の巨軀に優しい目、快男児・花輪征史郎の胸のすくような大活躍！

誓いの酒　目安番こって牛征史郎2
早見俊［著］

大岡忠光から再び密命が下った。将軍家重の次女が輿入れする喜多方藩に御家騒動の恐れとの投書の真偽を確かめよという。征史郎は投書した両替商に出向くが…

虚飾の舞 目安番こって牛征史郎3

早見俊［著］

目安箱に不気味な投書。江戸城に勅使を迎える日、忠臣蔵以上の何かが起きる…。目安番・征史郎は投書の裏を探り始めた。征史郎の剣と兄・征一郎の頭脳が策謀を断つ！

雷剣の都 目安番こって牛征史郎4

早見俊［著］

京都所司代が怪死した。真相を探るべく京に上った目安番・花輪征史郎の前に、驚愕の光景が展開される…。大兵豪腕の若き剣士が秘刀で将軍呪殺の謀略を断つ！

父子の剣 目安番こって牛征史郎5

早見俊［著］

将軍の側近が毒殺され、現場に居合わせた征史郎にまで嫌疑がかけられる！この窮地を抜けられるか？元隠密廻り同心と倅の若き同心が江戸の悪に立ち向かう！

朱《あか》鞘《さや》の大刀 見倒屋《みたおしや》鬼助《きすけ》 事件控1

喜安幸夫［著］

浅野内匠頭の事件で職を失った喜助は、夜逃げの家へ駆けつけて家財を二束三文で買い叩く「見倒屋」の仕事を手伝うことになる。喜助あらため鬼助の痛快シリーズ第1弾

隠れ岡っ引 見倒屋鬼助 事件控2

喜安幸夫［著］

鬼助は浅野家家臣・堀部安兵衛から剣術の手ほどきを受けた遣《つか》い手の中間《ちゅうげん》でもあった。「隠れ岡っ引」となった鬼助は、生かしておけぬ連中の成敗に力を貸すことに…。

濡れ衣晴らし 見倒屋鬼助 事件控3

喜安幸夫［著］

老舗料亭の庖丁人と仲居が店の金百両を持って駆落ち。探索を命じられた鬼助は、それが単純な駆落ちではないことを知る。彼らを嵌めた悪い奴らがいる…鬼助の木刀が唸る！

百日髷《まげ》の剣客　見倒屋鬼助 事件控4

喜安幸夫［著］

喧嘩を見事にさばいて見せた百日髷の謎の浪人者。その正体は、天下の剣客堀部安兵衛という噂が。奇縁によって鬼助はその浪人と共に悪人退治にのりだすことに！

箱館奉行所始末　異人館の犯罪

森 真沙子［著］

元治元年(一八六四年)、支倉幸四郎は箱館奉行所調役として五稜郭へ赴任した。異国情緒溢れる街は犯罪の巣でもあった！ 幕末秘史を駆使して描く新シリーズ第1弾！

小出大和守《こいでやまとのかみ》の秘命　箱館奉行所始末2

森 真沙子［著］

慶応二年一月八日未明。七年の歳月をかけた日本初の洋式城塞五稜郭。その庫が炎上した。一体、誰が？ 何の目的で？ 調役、支倉幸四郎の密かな探索が始まった！

密命狩り　箱館奉行所始末3

森 真沙子［著］

樺太《カラフト》アイヌと蝦夷《えぞ》アイヌを結託させ戦乱発生を策すロシアの謀略情報を入手した奉行小出は、直ちに非情なる命令を発した……。著者渾身の北方のレクイエム！

幕命奉《たてまつ》らず　箱館奉行所始末4

森 真沙子［著］

「爆裂弾を用いて、箱館の町と五稜郭城を火の海にする」という重大かつ切迫した情報が、奉行の小出大和守にもたらされた…。五稜郭の盛衰に殉じた最後の侍達！

抜き打つ剣　孤高の剣聖 林崎重信1

牧 秀彦［著］

父の仇を討つべく八歳より血の滲む修行をし、長剣抜刀「卍抜け」に開眼、十八歳で仇討ち旅に出た林崎重信。十一年ぶりに出羽の地を踏んだ重信を狙う刺客とは…!?